講談社文庫

新装版

# 寂庵説法

瀬戸内寂聴



講談社

# 目次

新装版

# 寂庵説法

# 出逢いについて

一

皆さん、今日から私はあなたたちに対して説法をはじめようと思います。といってもこのお話は一方的に私が喋り、それを活字によって、あなたたちが読むのですから、語り手の私は、自分の話による聞き手のあなた方の反応の表情を見ることも感じることも出来ません。

あなた方はもうここまで読んできて、何だつまらないといって、大あくびをして、本をぱたんと閉じ、部屋の隅《すみ》にほうり投げて、テレビのスイッチをつけるか、好きなロックを聞くために、もう体をゆすりながら、イヤホーンを耳につけるかしているかもしれません。

それでもいいのです。私は語りつづけましょう。この話に寂庵説法と名づけたのは、そういうことも頭に入れているからです。

辻説法といえば、皆さんはすぐ日蓮上人の辻説法を思い出されるでしょう。日蓮上人が北条幕府のあった鎌倉の辻に立って、やがて来る元《げん》からの来襲を予言し、日本の危機を道行く人々に説いたことは有名な話です。日蓮上人の辻説法があまりに迫力があり有名だったので、辻説法といえば日蓮上人を思い浮かべますが、他の僧侶でも、町に出て辻に立ち、道行く人に仏法の教えを説いたものでした。それは一人でも多くの人に自分の信じている仏法を弘め、知らせて、仏教によって、救われるようにという考えからの積極的な伝道方法でした。

テレビもラジオも、新聞もない、およそ情報に乏しい時代でしたから、こうした方法で、人に自分の意見を訴えたり、教えを弘めたりすることも有効であったわけです。

もちろん、当時でも、忙しい人は、道ばたで知らない坊さんが、何か大声で喋っていても、耳もかさないで通りすぎたでしょう。つい足をとめて聞く人が一人、二人と増えていくと、何か面白いことがあるのかと、また一人、二人と集まり、やがて何人かの人の輪が出来、その坊さんの話に耳を傾けたことでしょう。その人の話が上手であったり、たとえ話が面白かったり、あるいはその坊さんが、美男で声がよかったりすれば、年寄りや女や子供でも、集まって動かなかったかもしれません。

坊さんにとっては、そうして辻で説法することはひとつの行《ぎょう》でもあったわけです。

ところで現代のような交通の激しい町の中の四辻で、もしこんなことをする坊さんがいたら、たちまち車にひき殺されてしまうでしょうし、人が集まったりすれば、巡査が飛んで来て、解散を命じることでしょう。

今では、仏教の法話が聞きたければ、お寺へ行かなければならないし、時たま、仏教の何かの会がもよおす仏教講演会にでも行かなければ聞けません。その上、お寺は名刹《めいさつ》といわれるお寺ほど観光寺になっていて、お説法などはないし、観光寺にならないお寺は、経営が大変で住職は他の職業についているなどというのが多く、訪れたところで、いつでも仏教の法話を聞けるという状態ではありません。

そのため、ほとんどの人たちは、お寺を横目で素通りして、仏教とは無縁にすぎていってしまうのです。

私はまだ出家して尼僧になってから十一年にしかなりません。僧侶は出家した時からの年を数える習わしがあって、それを法臘《ほうろう》とか僧臘《そうろう》とかいいます。私の法臘は十一歳ですから、小学五、六年というところでしょうか。その私が辻説法などしたところで有難《ありがた》くもないし、人は聞いてくれないでしょう。けれども私は出家する前に瀬戸内晴美の名で、小説家になっていました。その方面では私の読者もあり、私の名も知ってくれている人が多かったのです。その小説家が、突然、出家したというので、当時はずいぶん世間に騒がれました。いったい何がおこったのかと、色々に憶測され、週刊誌などにもずい分でたらめも書かれました。けれども私は、一切そういうデマや好奇心を無視して、修行に励みました。

その時私は五十一歳になっていたのです。そんな年で、出家して苦しい修行などなぜするのかと、みんなに不思議がられたものです。

でもそれから十一年たった今では、誰ももう私の出家についてとやかくいう人はおりません。人の噂《うわさ》も七十五日といいますが、人は自分に関係のない他人の出来事などすぐ忘れてしまうものです。人気俳優や歌手たちの結婚や離婚や三角関係がよく週刊誌に騒がれていても、何週間かたつと、別の話題でいっぱいになり、いつのまにか前の話題は忘れられているのを皆さんもご存じでしょう。

出家前、私は和服のおしゃれに憂き身をやつしていて、いつでも長い髪を頭のてっぺんに結いあげ、新しい着物を着てテレビに出たり、雑誌のグラビアに撮られたりしていました。でももう十年余も僧衣をつけ、頭をつるつるに剃《そ》って暮していますので、世間の人々はすっかり私の昔の姿を忘れ、瀬戸内晴美、あるいは寂聴といえば、頭を剃った私と、白と黒の法衣姿しか思い浮かべなくなっているようです。

それでも私はまだずっと小説を書いたり、随筆を書いたりしています。自分の考えていることを人さまに聞いていただく方法は、私にとっては書くことが一番近道なのです。それで私は紙上辻説法という方法を思いつきました。辻説法は聞きたくなければさっさと立ち去っていいのです。ですからこの本も面白くなければさっさと閉じて遊びにいって下さっていいのです。ひとりも聞いてくれなくても辻で話をつづけるのが僧侶の修行です。

二

人間が生きていく途上で、人は様々な出逢《であ》いにめぐりあいます。それは予期しない時に、何の予兆もなく、全く不意のかたちで訪れることが多いのです。

そしてその出逢いから思いもかけない運命がひらかれていきます。それは人である場合だけでなく、一冊の書物、一枚の絵、あるいはひとつの壷や、風景である場合もあります。

たった一つの言葉に出逢ったばかりに、その人の生涯が全く変わったものになる場合もあり得ます。ひとりの人から、

「あなたを好きです」

といわれたばかりに、決まっていた結婚を解消して、苦労の多い生涯を送ってしまった人を私は知っています。

たった一つの茶碗に出逢ったばかりに、有名な大学の法科の学生だった人が、学校を中退し、山奥の陶工の弟子になってすばらしい才能を花開かせた例も見ております。

誰がどこからそんな出逢いの糸をひいているのでしょうか。人生とは無数の出逢いを一枚のキャンバスにたんねんに縫いとっていくことではないでしょうか。

私は四国の片田舎、阿波の徳島の神仏具商の家に生まれました。姉と私の二人姉妹で、父は腕のたつ指物《さしもの》職人でした。三歳の時、香川県の山の町で砂糖製造業で栄えていた家が破産し、小学校四年を出るとすぐ隣県の徳島県へ奉公に出されたのでした。父は神社もつくれば仏壇もつくり、村のお寺の修理まで引き受けていました。頭のいい人で、学校もろくに行かないのに、難しい建築の図面など楽々引いていました。彫物をさせても絵を画かせても一かどのことをしました。

母は平凡なしっかり者の女でした。代々庄屋の家で裕福に育っていたので、貧しい父に嫁いで来て、ずいぶん苦労もしたようでしたが、そのことでぐちをいったのを一度も聞いたことがありません。

二人とも子供の教育などには気をつかえないほど、毎日の暮しにせい一杯でした。姉も私も、学校はよく出来ましたが、両親がそのことではほめてくれたことなど一度もありません。

「おとうさんもおかあさんも、成績の悪い子供など産んではいない」

とすましていました。素直で明るいと先生にほめられても、当り前だといい、子供なのに人の面倒をよく見ると他人がほめても、

「自分の出来ることで、人の世話をするのは当然だ。何も感心することはない」

とすましていました。私が両親から常にいいきかされていたことは、

「少々学校が出来るくらいで慢心するな」

ということと、

「卑怯《ひきょう》な真似をするな、嘘《うそ》をつくな」

ということぐらいでした。神さまや仏さまのもので商いをしているくせに、二人ともあまり信仰心はなく、子供たちにも神棚や仏壇を拝ませようともしませんでした。

大人になって、二人とも死んでしまってから、私はそんな両親の気持の底には、神仏を商売の資にしていることに対する恥ずかしさがあったのではないかと思うようになっています。そういう心のあり方は、商人よりも、芸術家の心情で、あるいは父母とも、心の底では芸術家になりたい夢を持っていたのではないかと、ふっと考えたりすることもあります。

そんな育てられかたをした私は、女学校を出て、上級学校に行く時、勝手にキリスト教系の東京女子大を選んでいました。両親は事後承諾の形で聞かされ、別に反対もしませんでした。仏壇屋の娘が、キリスト教系の大学に入ることを不思議ともこっけいとも思わなかったようです。

私の両親は二人とも早死しました。母は戦争中、防空壕《ごう》の中でアメリカの爆弾に焼かれて死にました。父はそれから数年後、病気で母の後を追いました。母は五十歳、父は五十七歳のときですから、惜しい年齢だと思います。両親の死の年よりいつのまにか長く生きてしまって、今更のように私は二人の死の早かったことを思いしらされています。

# 三

母も父も、私が小説家になるなど知らずに死んでいます。まして私が出家して尼僧になるなど夢にも予想しなかったでしょう。

いったい私はどうして小説家になどなったのか、またどうして尼になどなったのか、つくづく不思議に思われます。

小説家になるということも、決して平凡な生き方ではないでしょう。今でも何万人に一人という割合でしか小説家にはなっていません。まして、尼僧は今の世でもほんとうに数少ない存在です。まして小説家でありながら、尼僧になるなど、明治以後は、例もありません。

僧侶だった人が還俗《げんぞく》して、小説家になったという例は割合あります。丹羽文雄氏や水上勉氏がその例としてすぐ思い浮かびます。

人に不思議がられた私の出家のよってきたった原因をじっとさぐってみますと、思いもかけなかったひとつの事実につき当りました。

私が小説家になった時、私の全く気づかない間に後年私が出家するように、何かの手で運命の未来が約束されていたのでした。

私は女学生の頃、文学少女で手当り次第本を読んでいました。その中に岡本かの子の作品もありました。「母子叙情」や「生々流転」がそれでした。かの子の作品はそれまで読んできた女流作家の小説と、くっきりときわだってちがうものでした。どこがどうと、その時の私には説明が出来ないまま、私はこの新しい女流作家の小説に夢中になって魅せられていきました。それは実に豊穣《ほうじょう》な感じのする絢爛《けんらん》とした小説でした。大輪の牡丹のような華やかさがあり、そのくせ、妙に読後に冷え冷えと淋しい感じが残る不思議な小説でした。

私は確かにその時、ひとりの個性の強い女流作家にめぐりあったのです。そして彼女が命がけで書いた不思議な小説に出逢ったのです。その出逢いが私の生涯にとって、実に重い意味を持つものだということは、私には気がついていませんでした。

それから十余年の歳月の後、私は岡本かの子がどうしても小説家になりたかったように、私自身が小説家になりたいと考えていたのでした。かの子は小説を書く前に、岡本一平という一世の流行児の妻であり、岡本太郎という未来の鬼才の画家の母であり、また世に知られた女流歌人であり、更に仏教研究家としてつとに世評に高い人物であったのです。

それにもかかわらず、かの子は小説家になりたくてたまらず、秘かに血の滲むような努力をつづけていました。そしてついに死の二、三年前になってようやくその小説が世に認められたのです。そして作家としてはこれからという時、突然病いに倒れてあっけなく他界したのでした。まだ五十歳になったばかりでした。

およそかの子の生涯と私の半生は一向《いっこう》に似通ったところはありません。それなのに、私はかの子の作品に出逢ったばかりに、小説家になってしまい、そしてかの子の作品の底にひそんでいた仏教の魅力に憑《つ》かれて、ついに出家するまでにいたったのでした。

# むなしさについて

# 一

若い人たちの間で、「しらける」という言葉が一時はやりました。今でもしらけるという言葉をよく私たちは無意識に使っています。

何でも本気にやろうという気持がなくなって、そんなことしてもどうせ、結果はこうだから、つまらない、あんなことしたって、ああなるだけじゃないかと、何もかもわかった気になって、本気になれない気持をいったようです。その底には、人生なんてどうせ、生まれて死ぬだけじゃないか、努力して何かになったところでしれてる。ああ、つまんないといったような投げやりな虚無的な考え方がひそんでいたと思います。

そしてよく若い人たちは何かあると、お決まりのように、自分は生まれたくて生まれたんじゃない、両親が勝手に好きなこととして生まれたんだから、責任とってくれよ、こっちには責任はないよというようなことを口にして、イキがっていたものです。今でも、それを得意そうに口にする人たちがいます。

私の宗教の師の今東光師は、そんなことをいう若者に対して、

「じゃ手めえたち、すぐ、死んじまえ」

とどなっていました。

「生きてることを有《あ》り難《がた》がらないでべんべんと生きてる野郎は、ゴクつぶしというんだ。もったいないから死んでしまえ」

というのです。毒舌家で有名だった和尚だけに、いうことは荒っぽいのですが、真理はついていると思います。

仏教には「受け難き人身《にんしん》を受け」という言葉があります。生まれたくて生まれたのじゃない、という言葉の裏を考えますと、それじゃ、もし、人間に生まれず、カエルやミミズやトカゲに生まれていたらどうでしょうか。人間に生まれるということは、人間の中のたったひとつの卵子に、何億という精子の中のたったひとつのものが結びついて生まれることなのです。女は自分の胎内に卵子を持っていても、生涯それを見

ることも出来ません。男だってそうです。肉眼で精子を見ることは出来ません。まして、その中から自分の好きなように一つだけの精子を選びだして、好きな女の卵子に送りこむなんていうことも出来ません。

実に人間が生まれるということは神秘的なことではないでしょうか。最近は人工授精とか、試験管ベイビーとかが話題になりましたが、精子を提供する人間の男は選べても、たった一つの精子をこれといって選ぶことは出来ないのです。やはり、人が生まれるということは神秘としかいいようがありません。

しかも人はどんなに生きたがったところで生まれた瞬間から一日一日、いや一分、一秒ごとに確実に死へ向かって歩みつづけているのです。

考えてみれば、こんな怖《おそろ》しいことがあるでしょうか。そうよ、どうせ死ぬんじゃないか、だからこの世でいらいらきちきち勉強するなんてつまらないんだ、というようにシラケ族は答えたがります。

そうです。たしかに私たちは「死すべきもの」としてこの世に送り出されました。人間にはさけ難い寿命というものがあるし、誰もそれにさからうことは出来ません。医学が進歩して、今はいろいろな薬が発明され、あらゆる医学上の研究が進んで、たいていの病気はなおしてもらえるようになりました。それでも人は老衰で死に、病気で死に、事故で死にます。

昔から人間は死を恐れること非常なものでした。秦の始皇帝という人は、万里の長城を築いた英雄で、何でもこの世で望むことのすべてを手にいれられる立場にありました。その始皇帝が、どうしても死にたくなくて不老長寿の薬を探し需《もと》めたことは有名です。そんなものがどこにもなかった証拠に、あらゆる物を手に入れることの出来た英雄も、ついには死を迎えてお墓に入ってます。

私は先年、中国の旅で発掘された始皇帝のお墓を見てきました。その時ほど、彼がどんなに死を恐れていたかをまざまざ見せられたことはありませんでした。よほど死ぬことがいやだったらしく、彼は死んだ後も今、この世で自分が暮らしているのと同じ快適な暮らしがしたいと思ったらしく、自分の宮廷に仕えていたあらゆる家来たちの実物大の土の人形を作って、自分といっしょに埋めてありました。馬もまるで生きているように見事なリアリズムで造られて埋めてありました。

私は今、何千年も昔の始皇帝の死への恐れと、この世への執着を、無数の土偶の群れの上にまざまざと見せつけられ、何か肌寒いような想いに捕われました。人間の欲望とは何と虚《むな》しいものかと、その時、しみじみ思わされました。皇帝というすべての人に君臨する立場にいても、こんなに死が恐く、死後に不安を感じていたのかと思うと、何だか悲しくなりました。人間の愚かさ、弱さをその墓は物語っているようでした。

どんな権力を以《も》ってしても、どれほど無尽蔵のお金を積んでも、止めておくことの出来ない人の命について考える時、与えられ、今、生きているこの一瞬一瞬が、何と惜しいものかと思われます。この時、むなしいなどといってシラケている間に、私たちに与えられた手持の命はどんどんすり減らされているのです。

二

私は長い間、人間は何のために生きるのかと考えた時、自分の中に生まれながらに与えられている才能の可能性を、この世で許された時間に、出来るだけ、幅広くのばしてみることではないかという考えになっていました。そこで私は自分のうちの可能性の中から、小説を書くという可能性の芽を見つけ出し、それを出来るだけのばし、ひろげてみようと思いました。

その目的のために、私は家庭も子供も捨ててしまって、小説を書く努力をしていました。

そして、ある時、気がついたら、私はあれほどなりたかった小説家になっており、いわゆる流行作家という名までもらって、書く片端から、自分の原稿が活字になるという暮らしをしていました。

私は性来勤勉なので、日曜も祭日もなく、夜眠る時間をけずって勉強もし、創作もしました。働いて得たお金は大部分税金に持っていかれましたが、それでもひとり暮らしですから、自分の好きなものを食べ、好きなものを着、行きたいところへ行き、見たいものは見られるという暮らしになりました。

どこへ行っても、「先生、先生」といって大切にされました。人はみんなご馳走してくれたがり、招待してくれたがりました。

世間の、つつましい暮らしをしている奥さんたちから見れば、何というわがままいっぱい、贅沢三昧《ぜいたくざんまい》の暮らしぶりだろうと思われそうな毎日でした。私は本を読むことが何より好きだし、書くことがまたそれ以上に好きなものですから、ちっとも自分の努力が苦にならなかったのです。

ほしいものがすべて手に入った時、私はある日、愕然《がくぜん》としました。それまでは、原稿に追われ通していたので、無我夢中でしたが、ふいに、私はいいようのないむなしさになげこまれている自分を発見したのです。名声とか、お金とか、地位とかは、人間が生きていく上の、欲望の対象です。人は何とかして、今よりお金を持ちたいと思い、今よりましな立場になりたいと思い、人にちやほやされたいと思い、ほしいものを手に入れたいと思います。そのため、あせって、さぎをしたり、盗みをしたり、人を殺したりさえします。自分の国が富み栄え、自分の民族が楽になるためには、他の国と戦争し、その国の罪もない非戦闘員たちさえ、殺しても、自分の国が勝つことを望みます。水爆や原爆などの核兵器を使って、地球を全滅させても、自分たちの国と自分だけは生き残りたいと考えます。

人間の欲望ははてしもなく、それを満たすためには手段を選ばないのです。

私は自分の才能の可能性を試したいばっかりに、家庭を破壊し、子供を捨て、自分の欲望に生きました。そして手に入れたものが、これだけか、と思うと、私のむなしさは、言いようもないものになりました。あらゆる色彩が色を失い、あらゆる光がしらけて、何の輝きもなくなったと思いました。私ははじめて、自分が自分の思いを貫き通すために、気づくと気づかざるにかかわらず、傷つけてきた人々のことを思いました。

その人たちは、格別私に恨みがましいこともいわず、私を妨害したり、私に復讐したりすることはしませんでした。もう忘れてしまって、顔さえおぼろの人もありました。

　でも私は、私の傷つけた人々の痛みが、なぜかその時、千万本の針になって、私を刺すのを感じました。

　私はもう二十年近くも小説だけを書いて暮らしてきましたので、これまでの信用と、これまで収得した技術で、その時からでも、何年といわず、小説を書きつづけていくことは出来そうでした。事実、私にはその時点でさらい年の連載までびっしり仕事が決まっていました。書けば編集者はすぐそれを持ち去り、出版社は活字にし本にしてくれました。それをまだ顔も知らない多数の読者がお金を払って買ってくれるのでした。毎月、私は、総合雑誌、文芸雑誌、婦人雑誌に連載しました。新聞に私の書いた物の広告が毎日のように出ていました。私は多くの仕事をやりこなせるだけ健康でした。

　その時、私はいくつになっていたでしょう。五十一歳になっていました。私の母は、戦争中、防空壕でアメリカの爆弾に焼き殺されてしまいましたが、その時、五十歳でした。私は知らない間に母の生きていた歳月より多く生きていたのです。私は自分の若い肉体や、心情をかえりみて、母の死が何と若かったのかと改めて思いかえされました。そういう事故死をしなかったとしたら、母はまだ健康で生きていたことでしょう。

昔の人は人生五十年といいました。五十年生きれば、大体人生の大方を味わいつくして死んでいったのです。今は平均寿命がのびてきて、五十歳なんて、停年にも達しません。

でもこの時、私はつくづく、ああ、長く生きたと思いました。私の一日は、普通の人の二倍くらい密度濃く生きました。走る車の中でも読み、書き、眠る時間を惜しみました。私は仕事で徹夜したあけ方など鏡の中の自分をまさに鬼のようだと思うことがよくありました。

憑《つ》かれた人が、鬼なら、私はやはり鬼だったのです、いえ餓鬼《がき》だったというのがふさわしいでしょう。いくら仕事してもしてもし足りたような気がしない餓鬼なのです。

私は自分の仕事をふりかえってみました。その時々に全力を傾けつくしたつもりでしたが、私にとってそれらは決して満足出来るものではありません。読者がいくらついてくれても、私の目がそれを許さないのです。私の憧れ望んでいた「文学」とはもっともっとちがった形と、色と匂いを持っていたはずです。私は自分の才能の限界をみたと思いました。

私にはまだまだ書きたいものがいっぱいありました。仕事の約束もたくさん抱えています。書きたくても発表させてもらえない人たちもいっぱいいるのです。私程度の才能で、こんなに書かせてくれることに、まず私は感謝しなければならないのではないでしょうか。しかし私はそう思う前に、突然のぞいてしまった虚無の淵《ふち》の深さにたじろいでしまいました。

「しらける」というのはあの時の私の心境だったのではないでしょうか。私はこんなものを書くために、家庭を破壊し、子供を犠牲にし、優しい夫に苦杯をのませていたのかと思うと情けなくなりました。私はこれが自分のすべてなら、もう自分の才能など見とどけてしまったも同然だと思いました。そしてマンネリズムなものをいくら書いても仕方がないと思いました。

私は本気で自殺を考えました。死んでも私のものがそれほど世に残るとは考えていませんでしたが、生きる歓び、働く歓びを失った人間は、自殺するより他ないように思われました。

三

わたしはひそかに死の支度さえはじめました。その頃のいつだったか、私はある日突然、死ぬ気なら何だって出来るという心の底の誰かの声を聞きました。

それなら他にどんな生き方が出来るだろう。

私は何日も考え迷い、また考え、しらけきった自分を虚無の淵からぬけ出そうと考え抜きました。幾日すぎたでしょうか、ある日、ふいに天の声のように、私の中で出家という道があると何かが囁《ささや》きました。

そうだった。日本には昔から、出家して物を書いた人々が多かったと思い当たりました。平安時代の才女たちも、多くは晩年出離しています。西行法師、兼好法師、鴨長明、みな出家して、尚《なお》、物を書いています。後深草院の後宮にいた二条という女も、出家して『とはずがたり』という今でいえば私小説と呼べる自分の生涯を赤裸々に書き残しています。日本の文学の中には、出離者の文学という系譜が一本しっかりと通っていたのです。

私はすっと全身が軽くなりました。それからの私はただ一筋に出離への支度にかかりました。その時の私は、自分が出家したら、世間がどう考えるだろうとか、人にどんな臆測をされるだろうかなど、一切考えませんでした。考える閑もなかったというのが本当でしょう。その時、私は、はたして仏があるものか、無いものかなど迷いもしませんでした。自殺してもいいと考えていた私に、出家の道を教えてくれたものに、自分の残る生涯を賭けてみようと思っただけです。

頭を剃るか剃らないかで迷ったりはしませんでした。出家することは、私には頭を剃ることだとはじめから思いきめていました。

その後、仕事をつづけるか、どうかなどとも考えたことがありませんでした。出家した以上、私のその後の生活はすべて私に出家をうながした「何か」がはからってくれるだろうという、まかせきった気持でした。その「何か」が、私の中ではまだ「仏」という言葉ではいい表し難いものだったのです。そのころの私の言葉では、「超越者」とでも呼んだ方がふさわしいものでした。キリスト教徒なら神というところでしょう。

私はいろんな宗派の名僧を訪れ、出家の相談をしました。しかし、どなたも本気にしてくれませんでした。最後に、同じ小説家で、天台宗の大僧正で、中尊寺の貫主でいらっしゃる今東光師にご相談して、即座に出家を許されたのでした。これを私は、仏教の言葉でいう仏縁としかいいあらわすことが出来ません。

昭和四十八年の十一月十四日、私は中尊寺で得度《とくど》の式を挙げました。

その日、剃髪しました。すがすがしい気持でした。私には一瞬も後悔がなく、黒髪がばさりばさりとバリカンで刈り落とされるのを見ながら、涙など一滴も出ませんでした。

出家は死だと私はその時実感しました。そしてまた出家はよみがえりだということも、私の実感でした。

そうです。私は、中尊寺の仏の前で、それまで五十一年生きてきた瀬戸内晴美という女を殺し、寂聴という尼僧として、この世にもう一度再生したのでした。

現代では尼僧はもはや珍しい存在になっています。その分だけ、私の出家は珍しく、奇異に思われたのでしょう。マスコミは、私がびっくりするほど、私の出家を取りあげ騒ぎたてました。あっ気にとられる想いで、私はその騒ぎを見つめていました。

私はそれまで東京に仕事場を持ち、京都に自宅を持ち、それを往来して仕事していました。その二つを整理して、嵯峨《さが》に庵《いおり》をつくり、仏様をおまつりしました。にわか出家の私には、尼僧となってお寺から収入を得るなど、とても出来ない相談でした。

尼僧になった私にも仕事はいくらでもつづいてありました。私は、出家した翌年の、春から夏にかけて、比叡山《ひえいざん》の横川《よかわ》の行院に入って、天台の僧としての行を受けました。

それは二十代の若い青年たちといっしょに行われたので、五十歳を越えた私には、とても体にこたえる荒行《あらぎょう》でした。私はそこで如何に自分の体が、それまでの生活でナマっているかを如実に感じさせられました。それでも、歯をくいしばって、その荒行に耐えぬきました。中でも一日に三十二キロもの山径《みち》を歩く三塔巡拝《さんとうじゅんぱい》という行や、過去、現在、未来の三千仏の名をとなえて、五体を投げだして拝む五体投地礼《ごたいとうちらい》などは、とても辛いものでした。普段、体を使っていないので、翌日から這《は》って歩かねばならないほどの苦行でした。

でも、その行をしたおかげで、私は仏を身近に感得出来るようになりました。行の終わった直後の写真があります。それは私のどの写真よりも晴れ晴れとして、如何にも幸福そうです。私の一番好きな写真です。

私はその後、嵯峨の寂庵《じゃくあん》と名づけた庵で仏に仕えながら、以前のように、やはり、物を書いて暮らしています。

物を書くことは、仏に許されているのだろうと思います。なぜなら、私は出家して以後、問題作を書いて、世にもてはやされたいとか、文学賞がほしいとか、よく売れて印税がたくさん入りますようになど、考えたことがないからです。私はただ書かせてくれるだけ真心こめて書きさえすれば、自分の生活くらいまかなえるだろう、もし余れば、それを世の中に何かの形で還元すればいい、と考えているからです。

自分が凡下《ぼんげ》の人間なのだということを、出離してつくづく仏に思い知らされました。心の底から自分がだめな人間だと思う時、私の落ちこんでいた虚無の淵から、自分が少しずつ浮かび上がるのを感じました。

出家して十一年になります。私は相変わらずお経を暗誦も出来ず、毎朝夕、経本を押しいただいてはお経をあげています。

そして少しずつ、少しずつ、仏の世界が私に近づいてくるのを感じています。死ぬまで私には悟りなど得られないことでしょう。それでいいのです。私はもう、すべてを仏の御心のままにゆだねきっているので、実に楽で平安な気持でいます。有り難いことだと感謝せずにはいられません。

# 幸福について

一

人はいったい何のために生きているのでしょうか。私は一年間、故郷の徳島で塾を開き、一ヵ月に一度ずつ徳島へ出かけて塾生と、いろんなことを話しあい、勉強しました。

私は最初、自分が六十年も生きて来たので、少しは、人生について、文学について、塾生に教えられるかと思っていました。

ところがいざ開塾してみて、私はたちまち自分のうぬぼれを思い知らされました。私は塾で教えるより、六十人の塾生から教えられることがずっと多かったのです。

六十人の塾生は、無差別抽選で決めましたので、いろんな世代、様々な職業の男女がいました。経て来た人生の経験もそれぞれにちがっています。その人たちに一つの質問をしても、返ってくる答えは、実に千差万別、まちまちなのでした。

私の思いもかけなかった答えや質問が次々飛びだしますので、私もその場で必死に考えなければなりません。また、私は長い間、書斎にとじこもり、自分の頭の中だけの世界に住んでいますので、生身《なまみ》で動く世間に呼吸して、刻々様々な試練と闘っている人よりも、ずいぶんなまぬるい考え方や、生き方をしていたのだな、とも教えられました。

塾は、教える場ではなく、いっしょに考える場、ディスカッションの場となりました。

私は毎月どんな無理をしても京都から海を渡って徳島へ行きました。

そこで私は開塾の最初の日に、みんなにきいてみました。

「人は何のために生きるのでしょう。あなたたちは何のために生きているのですか」

六十人の塾生の答えは、それは様々でした。

「夫と子供を幸せにするため」

「自分の野心を達成するため」

「欲望をみたすため」

「人に尽くすため」

「世の中の進歩をみとどけるため」

「自分の才能をのばすため」

「人間の歴史に自分の爪あとをのこすため」

「愛する人とめぐりあうため」

等々、実にいろんな答えが次々飛びだしました。中で、幾人かが、

私はもっともだとみんなうなずきました。

「幸福になるため」

と答えました。私も、そう思っていました。

人は、この世に生まれてきたからには、生きている日のすべてを幸福に生ききりたいものです。いいかえれば、人間として幸福になるために生きているのではないでしょうか。

仏教では、「人身《にんしん》は受け難し」として、人間に生まれたことをまず何より有り難いと考えます。

人間として生まれたからには、人間として、この世で十二分に幸福になることを、私たちは約束されているのです。

それならば、幸福になろうと努力しないことは怠慢といわなければなりません。

でも人は赤ん坊の時以外は、物心ついてからずっと、自分の今日が心から幸福であったと思って眠る人は少ないのではないでしょうか。

子供でも、あの玩具が欲しかったのに、もっと遊びたかったのに、あのお菓子をもうひとつ食べたかったのにと、不満をいっぱい抱いて一日の終わりを迎えているでしょう。

学生は、きらいな授業に出なければならない苦痛、友達に裏切られたくやしさ、先生に叱《しか》られた悲しさ、いい分をちっとも親が理解してくれなかったもどかしさなどで、苦い想いをかみしめて寝床に入っているでしょう。

青年たちは、自分の欲望が十分の一も果たされない苦痛に、絶望的になっているでしょう。

愛する人に心が伝わらない苦しみ、愛する者が他の者を愛する苦痛、仕事が認められないくやしさ、適性の仕事を与えられない辛さ。

家庭の夫や妻の不平不満は更に深刻になっているでしょう。姑と嫁も互いに呪《のろ》いあって苦しんでいるでしょう。

他の家や他人との比較で、いつも人は自ら傷つき妬《ねた》み、苦しんでいます。

生きているかぎり生存競争で、他人を打ち負かし、抜け駈《が》けの功名をたてねばならないのです。同じスタートラインに並んで出発しても、ゴールまでたどりつけるかどうか心配なのです。トップを争っている者はまたそれだけ、しのぎをけずり、心安まる間もない苦しみにさいなまれています。

人間は口に幸福をいうことは何と易く、本当に幸福になることは、何と難しいのでしょう。

二

この世は娑婆《しゃば》といいます。サハという梵語《ぼんご》の音訳で、サハは忍耐と訳しています。つまり耐え忍ぶ、忍耐するのが、この浮き世だということでしょう。

人は忍耐することは辛いことです。辛いことは幸福ではありません。それなら、はじめから人はこの世では幸福になれないのでしょうか。

お釈迦さまも、この世は苦の世界だとおっしゃっています。はじめから苦の世ときまっているなら、何も人間に生まれてなんて来ない方がいいような気がします。

私たち戦争世代を生きた者は、戦争中、

「欲しがりません、勝つまでは」

という国の標語をモットーにして、あらゆる欲望を耐え忍ばされました。食べたい欲望、あたたかい、美しいものを着たい欲望、自分を美しく化粧したい欲望、愛する人と一緒に暮らしたい欲望、愛する人の子供を産みたい欲望、そんな人間の持つ、ごく自然な欲求や欲望を、すべて禁じられました。戦争に勝つまではと、みんな歯をくいしばって、あらゆる欠乏に耐え、あらゆる快楽を断念しなければなりませんでした。

そのあげく、私たちの国は戦争に負け、原爆を落とされ、家は焼かれ、非戦闘員の多くも殺されました。原爆を浴びて生き残った人は、死ぬより苦しい目にあって生きつづけました。

忍耐は必ずしも美徳でないことを、私たちはいやというほど思い知らされたのです。

私たちは、それなら、この娑婆で生きぬき、幸福になるためには、いったいどうすればいいのでしょう。

# 三

その前に、幸福とは何かということを考えてみたくなります。幸福とはいろいろないい方、見方がありましょうが、私はひとまず、心と肉体が調和し、悩みのない有様としたいと思います。

心が満ちたりていても、肉体に病いがあれば、人は幸福ではないでしょう。肉体がどこも悪くなく、外側も内臓も健康であっても、心に悲しみや苦しみを抱いていれば、やはり幸福感はないでしょう。

心と肉体が健康で、どこにも痛みがなく、調和した状態こそ、人が幸福だといえる場合だと思います。何の心配も知らず、おかあさんのおっぱいに吸いついて、ぐいぐいお乳をのんでいる健康な赤ちゃんほど、幸福のシンボルはないと思います。

少し物心がつけば、人は様々な欲望を覚え、その欲望が満たされない不満、不如意の気持から不幸を味わうのです。

病気がちの人は、何も欲しくない、健康になりさえすればと思い、貧しい人は、何も欲しくない、お金さえあればと思い、頭のいい不美人は、りこうでなくってもいい、もっと美しく生まれてみんなに好かれたいと思い、金持で財産争いばかりしている人は、お金なんかより、人々との和が欲しいと嘆きます。日本の女は鼻を高くしたくて隆鼻術をし、西洋の女はかわいらしい鼻が欲しいと、鼻の骨をけずります。みんな、自分の持っていないものに憧《あこが》れ、それを手に入れられない苦しみで不幸だと思いこんでいるのです。

それなら、幸福になるためには、何が何でも、自分の欲しいものを手に入れるため競争し、闘い、奪えばいいのでしょうか。

そんなはずはないと、私たちはすでに知っています。

この前の話で、私は自分の可能性の幅を出来るだけ押しひろげて試すことが生きることだと考えてきたといいました。そして私にとっては、その可能性は小説を書くことだと思っていたと。

自分の力が試され、それがのばされ、あまつさえ、人の賞讃を受けたりすると、人間はほんとうに楽しく嬉《うれ》しく、これこそ幸福だと思ってしまいます。私もそう思ったことが度々ありました。けれども人間の欲望というものは、一つの段階に達すると、次の段階のものを望みます。どこまでいっても、もうこれでいいということはありません。

私は自分の仕事にたとえて話していますが、お金を貯める人の例をとってもいいのです。ある目的額を定め、それだけ貯《た》まればどんなに嬉しいだろうと思ったところが、それが達せられると、更にその上の額が欲しくなります。十万が五十万になり、五十万が百万になれば、人は必ず一千万を夢み、そこまでいけば一億を欲します。こうして人間の欲望には限度というものがなく、生きているかぎり、咽喉《のど》のかわいた人が水を欲しがるように、自分の欲望を満たしたがって苦しみます。

こういう状態を仏教では餓鬼ということばであらわしています。私たちは多かれ少なかれ、自分の欲望の餓鬼としてこの世に生きています。せっかく人間と生まれながら、餓鬼になり、いつでも心が渇いているのは不幸というよりほかありません。

どうしたら餓鬼にならないですむでしょうか。

それは自分の心に歯どめをかけることを覚えるべきだと私は思います。これは、私が今まで生きてきて、自然に、苦しみの中から見つけだした答えでした。自分の心を自分で思いのままに制御することが出来たら、もうその人は仏に近いといえましょう。悟りというのは、たぶん、自分の心が思いのままに、制御出来る心の状態をさすのではないでしょうか。

けれども私たち凡夫《ぼんぷ》の身では、とうてい、生きているうちに、仏のような悟りなど得ることは出来ないでしょう。それならどうしたらいいのでしょうか。

私はそれほど欲望の強いたちではありませんでした。ただ、小説が書きたいというだけが、唯一の欲望だったのです。でもその欲望も前にいいましたように、ある一定のところに来ると、むなしくなりました。だからといって、小説しか書いて来なかった私に、今更、他の何が出来ましょう。

その時、私は祈ることを自然に教えられました。自然にといいましたが、私がそのことで死ぬほど苦しみ、どうしたらいいか迷い、需《もと》めたからだと思います。私は自分の力に対する自信を一度捨てきり、仏に自分をゆだねました。自分をおまかせしてしまったのです。帰依《きえ》するというのは、まかせきることだと私は思います。

自分の自信を投げだしてしまった時から、私はすうっと心が軽くなりました。あれもこれも、みんな自分の力で片づけようと力みかえっていた肩の力を抜いてしまいますと、嘘のように心が楽になりました。

何か、自分の意にそわないことが起こるたび、それまでは、ぎりぎり、腹をたてて、くやしがったり、恨んだりしていたのですが、一度自分を投げだしてしまうと、そんな時も、

「ああ、今は、こういう目に逢うことが、さきにいいように展開する廻り道か、布石

なんだろうな」

と思うようになったのです。そして、

「こんなにまかせきっているのだから、仏さまが私に対して悪くはからって下さるはずはない。今は、この問題を一つずつ解決してゆけばいいのだろう」

と、こういうように考えが変わりました。

あそこへ行け、ここへ行けと、たくさんの仕事が入りますと、私は持仏堂でだまって観音経をあげます。どうしていいかわかりません、と心につぶやくだけで、別にどうして下さいとはお願いしません。

何とかして下さるだろうと思うだけです。お経をあげているうちに心が落ちつき、さっきまではどうしようもなかったことを、ふっと別の角度から見る心のゆとりが生まれてきます。すると、困難なことを、きりぬける道が自然に示されてくるのです。

人の心を恨んだり、怒ったりしている時も、そうして祈っているうち、心が静まり、相手の立場が見えてきます。

みんな自分の心を抱き、自分の考えが一番いいと思って生きているのです。十人よれば、心は十色あるのです。自分と同じように相手の心が動いてくれなくても、何の不思議もないのです。そう思えば、時を待とうとか、もう一度、じっくり話しあってみようという気持になってきます。

それでも根が感情的で、情熱家の私は、よく、カッカとしたり、早とちりをして失敗します。そんな時、私は思うのです。

「でも、昔にくらべたら、ずいぶん、その回数がへった。有り難いことだ」

すると、心がおだやかになってきます。

四

自分の心が幸福でない時は、まわりの人を幸福にすることは出来ません。自分が悩んでいる時は、自然、顔色や態度が暗く沈んでいて、まわりの人まで陰気にさせます。

世の中には、いつ逢っても愉《たの》しそうで、その人が来ただけで、座がなごみ、にぎやかで楽しくなる人がいます。おそらくその人は、天性ほがらかに生まれついている上に、心のコントロールが上手で、いつでも自分を幸福な状態にしている人なのでしょう。自分が幸福なら、自然、人も幸福に染めることが出来ます。

テレビでマザー・テレサの来日の模様を見ました。

あのご老体で、マザー・テレサの顔には、当然深い皺《しわ》がいっぱい刻みつけられています。決してそれは美しいとはいえません。でも、マザー・テレサのあのおだやかな微笑を見、力をこめて平和を叫ぶ表情を見て、心うたれない人がいるでしょうか。その姿は光を発しているように美しく人の心をうちます。

マザー・テレサは生涯を、ただただ、人のためにだけ尽くし、自分の女としての、人としてのこの世での幸福を何ひとつ需めませんでした。あんな生涯はとても自分には出来ないと思って、あんな生涯を送りたくないと思って、テレビをみた人もいるでしょう。それでもマザー・テレサが一人、この世に、今、この世界中が不安で戦争の危機におびやかされ、不幸な人が数えきれないほどいる世の中に、生きて働いて、こうして日本にまで来て下さったという現実に、感動しない人はいないでしょう。

マザー・テレサのような聖人は、自分の幸福を願うよりも、人の不幸を見捨てておけないと思う心の持ち主なのです。

世界に一人の飢えた子供がいても見のがせないといったのはサルトルです。

私たちは、とかく、自分のことだけ、自分の身内だけ、自分の家だけ、あるいは自分の国だけが幸福であればいいと考えがちです。

自分の子供さえ、大学に入れれば、となりの子も向かいの子も落ちた方がいいと思うような母親がいないでしょうか。

　自分の国さえよくなるためには、他の国を侵略したり、亡したりしてもいいと考える政治家はいないでしょうか。

　いるからこそ、この地球は戦争がたえることなく、自然の破壊は日一日と進んでいるのです。

　原爆の恐ろしさを、あれだけ、ヒロシマ、ナガサキで試しておきながら、もっと強力な原水爆を各国が競って造っているのです。

　人間は、科学が進み、文明が進むにつれて神仏や自然から見放されようとしています。いいえ、自然も、神も、仏も決して見放しはしないのに、人間の方でそれらから目をそらせようとしているのです。

　私たちは五十年前をふりかえっても、いや三十年前をふりかえっても、こんなに世の中が便利な機械で満たされると想像したでしょうか。

　あと十年もすれば、どんな便利なものがさらに世の中に発明されているでしょう。

　それは人間が幸福になるための文明の利器でしょうか、それとも、人間を破滅させるための武器でしょうか。

　世界を旅してみて、私は日本ほど、物質文明のみちみちた、豊かで贅沢《ぜいたく》な国はないのではないかと思いました。それほど、日本の庶民はあり余る物に囲まれて暮らしています。

そのくせ、日本ほど、人々の心が貧しくけわしい国もまたないのではないかと、外国から帰るたびに私は思うのです。

日本にはもう田舎がありません。どこへ行っても農村は都会と同じテレビを見て、都会と同じ流行を追い、都会と同じ流行歌が流れています。

地方都市にしてもそうです。昔はそれぞれに強くあった地方色や個性はすべて失われてしまいました。どこも同じ駅前広場、同じ銀座通り、同じショーウインドーの中身、何という無個性な町や人々になったことでしょう。

私は幸福について語るつもりでした。

幸福とは、人のすべてが、自分の心の物差を持って、自分の心をはかり、自由に自分の個性を発揮して、制御の出来る欲望を満たし、他人の幸福の邪魔をせず、他人の幸福にすすんで手を貸すゆとりを持つことではないでしょうか。

# 無常について

# 一

最近、日本人の寿命は毎年のびているようです。平均年齢は、男も女もここ十年くらいのうちに数歳はのびています。

そのうち、この調子でいけば、老人ばかりがいっぱいになり、若い世代は老人を養うため、今よりもっと働かなければおっつかないのではないかなどと、取り越し苦労をする人もいます。

そして巷《ちまた》には、健康法の薬が次々売り出され、ヨガがはやり、ジョギングがはやり、テニスがはやっています。ルームランナーや、ぶら下がり機などが飛ぶように売れました。

人は、何とかして、自分の健康を保ちたいとあせっています。つまり、自分の健康に自信のない状態になっているといっていいでしょう。

若い人が肩がこったり、腰が痛いなどと訴えてもいます。これも公害が原因だと一部では不安に脅えています。

いろんな不安の中で、自分の健康がよくないほど不安なことはないようです。つまり人はいつでも健康で、そして、永遠に長生きがしたいという願望を持っているのでしょう。

けれども人間は生まれた瞬間から、死ぬ日のために生きるべく、この世に送り出されている動物なのです。

釈尊は早くから、人々にこの世の無常を説いていらっしゃいます。

生まれて一週間くらいで、釈尊は生母のマーヤに死なれています。この世に生まれてすぐ釈尊の受けた経験は、生まれた者は必ず死ぬということ、愛する者にも別れがあるというさけがたい人間の運命を、身をもって知らされるということだったのです。

釈尊のことばをそのまま伝えたといわれる法句経《ほっくきょう》の中にも、

人間の体は水泡《みなわ》のようなもの、陽炎《かげろう》のようなものだ。

といっています。また「長老の詩」という原始仏教の経典の中にも、

「昼夜は過ぎてゆく。生命は失われる。死すべき者の滅びるのは、ちょうど小川の流れのようなものだ」

と語っています。こういうこの世は無常だという考えは日本にも伝わっていて、特に、世の中が乱れ、戦いがつづき、下剋上《げこくじよう》といわれた中世には、この思想が人々の間にゆきわたっていました。

「ゆく河の流れは絶えずして、しかも、もとの水にあらず。淀みに浮ぶうたかたは、かつ消えかつ結びて、久しくとどまりたる例《ためし》なし。世中《よのなか》にある、人と栖《すみか》と、またかくのごとし。――略――朝《あした》に死に、夕《ゆうべ》に生まるるならい、ただ水の泡にぞ似たりける。不知《しらず》、生れ死《しぬ》る人、何方《いずかた》より来たりて、何方へか去る」

という鴨長明の有名な「方丈記」の書き出しは、その無常感を代表しています。

「平家物語」の書き出しの、

「祇園精舎《ぎおんしようじや》の鐘の声、諸行無常《しよぎようむじよう》の響きあり」

も、知らない人はないくらいです。兼好法師の「徒然草《つれづれぐさ》」も、無常の精神で全篇つらぬいていますし、無常について正面から語ったところもあります。

「若きにもよらず、強きにもよらず、思ひかけぬは死期《しご》なり。今日まで逃れ来にける

は、ありがたき不思議なり」

「しずかなる山の奥、無常のかたき競ひ来らざらんや。その死にのぞめる事、軍《いくさ》の陣に進めるに同じ」

とか、また、

「生《しょう》・老《ろう》・病《びょう》・死《し》の移り来ることは、四季が移りゆくよりも早い。四季にはまだ定まったきまりがあって訪れるが、死期は約束なく突然やってくる。死は前からやっては来ず、後ろにこっそり迫っている。人はみないつかは死の来ることは知っているけれども、それを急いできてほしいとは思わない。しかし死は、突然、気づかぬうちにやって来る」

というようなことをくりかえし、無常について書いています。

人間と生まれて、いつかは死すべき命なのだと自覚した時から、人は死の不安に捕われます。子供は自分が死ぬことなど考えないし、人の死を目の前にみても死の恐ろしさがわからないので、親の葬式でも、人がたくさん集まってきたのが嬉しくてはしゃいで遊びまわったりするものです。

若い人も、死ぬことは知っていても、自分の若さとあふれる生命力と、健康体に自信があり、死ぬことが信じられなくて、それはまだまだ遠い先のことだと実感がなく、のんきに現在の楽しみにふけっています。それが当然でしょう。

二

実は私のところに時々手紙をくれる東京の高校生の女の子から、今朝、こんな手紙が来たのです。

その少女S子さんは昨日、級友の一人Kさんの死を知りました。Kさんは、真面目な模範生で、人にも親切で、人のいやがることは卒先してするというタイプでした。女生徒たちからも信頼され、とても慕われていました。家は豊かでなく、大学に行きたいため、夜はアルバイトをして、少しでもお金を貯めているということでした。

Kさんの死体が道路で発見されたのは朝のことです。夜のうちに、自転車に乗ったKさんは、暴走した車にはねられ、轢き逃げされていたのです。

誰にも気づかれず、朝になったため、すべては手おくれで、死んでいたのでした。

そのことを知って一時間後、S子さんはまた一人級友の死を知りました。Oさんはクラスでも鼻つまみの乱暴者で、常に問題をおこす生徒でした。勉強はせず、先生には反抗し、学校をさぼってオートバイを乗りまわし暴走族のリーダーになって威張っていました。女生徒にも乱暴なのでみんなから恐れられ嫌われていました。家は金持で、お父さんは大きな会社の社長で、お母さんは町の社交界の花形でした。

そのOさんが昨夜、自分のオートバイをぶっつけて即死したというのでした。

S子さんの手紙はそのことを伝えた後、書いていました。

「人が死ぬなんて、今までゆっくり考えたこともありませんでした。物心つかない前、うちではおばあちゃんが亡くなっていて、その後、私の家族は誰も死んでいません。父も母もまだ若く元気に働いています。私も妹もとても健康で病気ひとつしていません。

それなのに一晩に二人もクラスメートが死んでしまったのです。

Kさんは、母子家庭です。母一人、子一人です。お母さんは昨夜、勤め先の宿直の日で、家に帰っていなかったのです。

Kさんは本当にいい少年でした。美しくてやさしくて、理想に近い男の子でした。自分の境遇を恨まず、自分の力で打開して勉強しようとしていました。私は新聞部で一緒に仕事をしていましたので、その考えの確かさにいつでも感心していました。てきぱきと事務能力もすぐれた人でした。何よりあんなに人に親切でやさしい人はありませんでした。あんないい人が轢き逃げされるなんて、どういうことでしょうか。

神や仏は、何をしているのでしょうか。ほんとにそんなものがあるなら、どうしてKさんを選んで殺させるのでしょうか。まだ犯人はつかまっていません。その人は、知らない顔して一生、お酒をのんだり、おいしいものを食べたりして面白おかしく暮らしていくのでしょうか。

そんな不合理なことってありますか。

そしてOさんの死です。Oさんはいわば自業自得です。自分がオートバイを暴走させていてしくじったのですから。でもそう思ったとたん、私はぞっとしました。私はOさんの死をKさんのように悲しんではいなかったのです。

心ならずも死におそわれ、前途を断ってしまったことは二人の少年にとって同じ経験なのです。それなのに私はKさんの死の方を悼む気持が強く、Oさんの死に対してはKさんほどかわいそうにも悲しくも思わなかったのです。

それに気づいた時、私はとても自分がいやになりました。Oさんだって、生きていたら、いつ、反省して、いい少年になれたかわからないのです。自分で自分のしていることがバカらしくなって、ある日、暴走族なんかの足を洗う日が来たかもしれないのです。でももうOさんにそうした日は来ないのです。OさんもKさんと同じに前途が断たれてしまったのです。

Kさんの死も、Oさんの死も、死ということでは同じなのに、それを差別した自分が何というやな人間かと思い、そのことのショックでいっそう気分がめいりました。

なぜ人は死なねばならないのですか。どうせ死すべき運命のものをどうして神や仏はお造りになるのですか、あんまりだとは思いませんか。どうせ死ぬなら、Oさんのように、他人の迷惑も考えず、したいことをして一瞬に死んでしまった方がいいような気さえしてきます。何も悪いことをしない人間になぜ、むごい死を与えるのですか。

死んだ後の世界には何があるのですか。まさか、私は絵でみるような地獄があるなんて信じられません。同じように極楽も信じられません。それに私は絵に描かれた極楽なんて、ちっとも好きじゃありません。年中、花が咲いて、鳥がさえずっているなんて、退屈至極だと思います。いつでもそんなだと、花の美しさも小鳥のさえずりも、珍しくもなく、美しくもなくなってしまうのではないでしょうか。

私は死んであの世があるとしたら、このままの世の中で、決して人の死なない世界であってほしいと思うのです。

みにくい年寄になるのもいやです。私の母の叔母さんは、昔は親類中で一番美人だったといいますが、八十七の今は、歯がぬけてしまって、入歯が落ちるといってそれもとってしまい、髪はすっかり薄くなった上、てっぺんがほとんどはげて、ちっともきれいじゃありません。何よりも困るのは、ぼけないかわり、とても意地が悪くなって、人をみれば、嫁や孫の悪口ばかり口ぎたなくいうのです。

母など悪年をとったといっていますが、ぼけるのも困るけれど、あんな意地悪ばあさんになるのもいやなことです。

あんなになるなら、まだ若いうちに死んだ方がましでしょうか。Kさんのようにみんなに惜しまれて死んだ方がいいのでしょうか。

ああ、私は何もわからなくなりました。ほんとに、あの世とはどんなところか、教えて下さい。そして、KさんとOさんは同じところへゆくのでしょうか。二人とも無惨な顔になっていたといいます。二人とも美少年でしたのに。あの世では、けがをしない前の顔になるのでしょうか。つぶれた顔のままでいるのでしょうか。二人はこの世の記憶を失わず、逢えば互いにわかるのでしょうか。

私には、あの世なんて、人間のつくった気やすめのような気がしてなりません。

寂聴さんは本当にあの世を信じていらっしゃるのですか、教えて下さい、教えて下さい」

そんなことが書いてありました。私はS子さんに何と返事をしていいかわかりません。S子さんのたずねることを、私も仏にたずねたいと思っていたからです。

私の母と祖父は空襲で防空壕の中で死にました。私の町内でその夜死んだ人は二人だけでした。みんな山に逃げて、家は焼けましたが命は助かっていたのです。

二人とも、生前、ほんとに仏さまのようだと人にいわれていました。曲がったことのきらいな真正直な人でした。国を愛し、日本の勝利を信じこんでいました。

どうしてその二人が選《よ》りにもよって死ななければならなかったのでしょう。

私の姉は去年の二月ガンで死にました。わずか三ヵ月わずらって死んだのです。まだ六十六歳でした。やさしい姉でみんなに親切で、歌を作ることだけを愉しみにつつましく生きていました。その人がガンに冒され、自分の病名をしらないまま死んでいったのです。姉より私の方がずっと心の汚い人間だと思うのに、私が生き残ってピンピンしています。

考えてみるとわからないことだらけです。

世界には飢えた子供が何億といるといいます。アフリカの悲惨な子供たちの情報が毎日のように私たちに伝えられてきます。こんな文明の発達した地球上に、生まれてきておなかいっぱい食べられない子供たちがいるのです。そしていつもどこかで人は戦争して殺しあっています。

決して人は戦争にこりることはないようです。

私はS子さんの手紙を見て、持仏堂に入り、見知らぬ二人の少年のために、心から阿弥陀経をあげました。それはしかし、果たして少年たちの魂に届くかどうかわかりません。そうすることによって、私の心がいく分静まることはたしかなのです。

お経のあと、私は青葉に五月の光りのふり注ぐ庭に向かって坐り、坐禅をしました。自分の心を、静めたいと思ったからです。

三

S子さんは今度の事件で、はじめて人生の無常を感じたわけです。少なくともS子さんは、死について、別れについて、あの世について、私にこまごまと手紙をよこしています。つまり、これまで考えてみたこともないことを考えたのです。とすれば、二人の少年の死は、S子さんひとりに、この世について、生について、死について真剣に考えさせたということで、無駄ではなかったといえます。二人の少年はまさか自分の死がS子さんやその他の人々にこんなショックと反省を与えているとは知らなかったでしょう。

仏教では、この世を悟った智慧つまり般若《はんにゃ》の智慧で見るならば、すべて仮定的な存在にすぎないと教えています。

釈尊は万物流転《ばんぶつるてん》ということばを使われています。この世のすべてのものは、移り変わるのです。ひとつとして、変わらないものはありません。永遠を誓いあった恋人どうしの燃える愛でも、変わるのです。

今がいいなら、人は誰もその状態を変わってほしくありません。だからそれが変わると、苦痛なのです。愛する人にはいつまでも生きていてほしいと願います。

でも変わるものを変わると認めて、その中で覚悟して生きていくより外に道があるでしょうか。

神も仏もあるかないかと疑いつづけているうちはない
のです。ある
と信ずる時、それはあるのだと思います。どこにあるのかそれは自分の中にあると、仏教は教えてくれます。

仏教では、人間ばかりか、この世の自然のすべてのものにことごとく仏性《ぶつしょう》が具わっているといいます。つまり、それを知って、仏性をみがいていくと、すべての人が仏になれるという考え方です。

この世で生老病死の苦や、愛別離苦《あいべつりく》や、怨憎会苦《おんぞうえく》などの苦から逃れることは出来ません。それが人間の運命だからです。

法句経では、すべては無常だということを、正しい智慧で認識することだ。そうすれば安らぎに至る道がひらけてくると教えています。S子さんは、二人の友人の死によって、今、無常を知ったからには、それをいたずらに嘆き悲しまず、正しい智慧でそのことを認識するチャンスにきりかえることが出来るのです。そうして、新しい苦しみを悩んだおかげで、S子さんは、死にも差別はあるべきでないことに気づきました。同じ経に、

「すべての者は、暴力におびえ、死を恐れる。自分に引き比べて殺してはならぬ、人に殺させてもならぬ」

と教えています。いくら、二人の少年の死がかわいそうだからといって、S子さんは二人の身がわりになって死にたいとは思わないでしょう。死ぬことは遠い先だと思っていたから、考えもしなかったけれど、二人の友の死が、もし明日S子さんの身にふりかからないともしれないのです。酔っぱらい運転の車はいくらでも走っているし、乗った電車が火をふくこともあるし、飛行機はいつ墜《お》ちるかわからないのです。こんな医学のすすんだ時でも、悪性の風邪がはやれば、何万人となく死ぬことだって

あるのです。その上、世界の国々の気分でいつ戦争がおこるかわからない危機に私たちは置かれています。長崎、広島どころの比ではない被爆に私たちはさらされるのです。それを私たちの人間の智慧でくいとめることをしなくては、生きている甲斐《かい》もないとは思いませんか。

私たちは、誰も死にたくない。自分が死にたくないように、人も死にたくないのです。仏教の絶対殺さないという教えこそ、この世の教えの中で最高のものだと思います。

釈尊は不戦主義です。いかなる理由によっても殺してはならないと教えます。聖戦という美名のもとに私たちは、何と愚かな戦いをし、敵味方となく多くの人々を殺してきたでしょう。

たとい悪人でも殺人者でも、殺してはならないのです。命の重さは、人すべてに差別なく同じ重さなのです。

私はS子さんの手紙で色々なことを考えつづけました。二人の少年の死は、全く見知らぬ私にまで、かくも多くのことを考えさせてくれたのです。

# 別れについて

# 一

巡礼をしたことがありますか。この間、私はバス二台、つまり九十人ばかりの人たちといっしょに二泊三日の巡礼をしてきました。

私といっしょにする文学と巡礼の旅という名目だったので、集まってくれた人は、みんな私のファンの方といってもいいでしょう。といっても、私の小説や随筆を片っぱしから読んでくれている人もあれば、自分は一冊も読まないけれど、お孫さんが私の愛読者で、「おばあちゃん、いってらっしゃい」と送り出されてきたという方もありました。

その中に、目立って美しい若い奥さんがいました。

Ｋ子さんとしておきましょう。Ｋ子さんはスタイルのよい、美しい人でした。年はまだ三十をちょっとすぎたくらいでしょうか。

はっきりした美貌で、本来なら華やかといっていい顔立ちなのに、何だか暗い沈んだ影が全身にとりついているのを感じました。私は二台のバスに代わりばんこに乗りこみ、いろんな話をしながら走りつづけました。

お寺に着くと、みんなは休み時間に近づいてきて、何かと話しかけてきます。その中にＫ子さんもいたのです。

「私は半年前、夫に死なれて、まだその悲しみから立ち直れません。あまり苦しかったので、夫の供養もかねてこの会に参加しました」

と話しかけてきました。いいながら、もうＫ子さんの目にはいっぱい涙がたまっていました。

「それはお辛いわね、お子様は」

「二人います。今、里の母に預けてきました。丈夫な人だったので、まさか、こんなに突然亡くなるとは思わなくて……」

「ご病気？」

「いいえ、事故死です」

そこまでいうと、K子さんは、またご主人の死様の無惨さを思い出したように、顔を歪《ゆが》めて、さっと私のそばから放れ去ってしまいました。きっと、人のいないところで泣きたいのだろうと思って、私は追わずに見送りました。

その夜、九十人の人たちに、宿で、自己紹介をしてもらいました。二十代から八十代まで、様々の境遇の人が集まっていました。一人一人立って、持ち時間が足りないように熱心に力をこめて話してくれるのでした。私はそれとなくK子さんを目で探しました。

私の斜め右方に、K子さんは人より深く顔をうつむけて、やはり、こみあげてくる悲しみに耐えかねているように体を固くしています。

一人一人の自己紹介が進むにつれ、私はある愕《おどろ》きにうたれてきました。七人に一人くらいの割合で、夫に死なれたとか、妻に死なれたという人がいるのです。中には、

「今日が四十九日です。でも二日くりあげて法事をして、この会に参加しました」

という人もありました。どの人を見ても、連れあいに死に別れても当然というような老人はいません。いえ、どんなお年寄りだって、愛する夫や妻に死なれていいという人がいるでしょうか。

K子さんのように、話しながら、涙にむせびこむ人もいました。

私はK子さんの表情をこっそりうかがっていました。K子さんの顔はますます深く沈みこんでいき泣いているのが歴然《れきぜん》です。

いよいよ彼女の番がきました。彼女は、私に話したようなことをようやっと、手短くいって坐りました。巡礼はただお札所をお詣《まい》りするというだけの人もいますが、亡くなった人の菩提をとむらい供養をするという意味で廻っている人も多いのです。

## 二

インドにキサーゴタミーという若いお母さんがいました。赤ん坊が生まれましたが、一週間もたたないうちに、病気で死んでしまいました。彼女はあまりの悲しさに、頭がおかしくなるほど泣き沈みました。やがて、死んだ赤ちゃんをしっかり胸に抱きしめて、

「私の赤ちゃんを生きかえらせて下さい」

といいながら町をさまよう彼女の姿を、人々は見るようになりました。

ある人があんまり可哀そうなので、

「むこうの森へ行くと、お釈迦さまがお説法をしていらっしゃるよ。そこへ行って、

お偉い方だから、お願いしてごらん」

といいました。キサーゴタミーは喜んで、その森への道を教わって、すぐ駆けつけました。たくさんの人々がとりまいて坐っている中心に、お釈迦さまがいらっしゃいました。何か尊いお説法を聞いているのでしょう。みんな声もたてず、お釈迦さまの方に顔をむけて、熱心に聞いています。

キサーゴタミーはその中へ飛びこみ、

「あたしの赤ちゃんを生きかえらせてちょうだい」

と叫びました。みんなは気のふれた女だと思い、取り押さえて外へつれだそうとしました。

その時、お釈迦さまが、

「女よ、ここへいらっしゃい」

と声をかけました。キサーゴタミーは、すぐお釈迦さまの前へすすみました。

「ごらん下さい。わたしの赤ん坊は死んでしまいました。とても元気な声でオギャーッといって生まれたんです。それなのに、十日もたたないで、死んでしまいました。こんなことってあるでしょうか、あんまりです。この坊やは生まれたばかりで、まだこの世の悪に少しも染まっていません。こんな清らかな赤ん坊がありますか。それなのに、この子の生命が奪われるなんて」

キサーゴタミーは、いいつのってまた泣きだしました。お釈迦さまは、

「よしよし、女よ、泣くのはおやめなさい。私がすぐこの赤ん坊を生きかえらせてあげよう。そのかわり、今からすぐ町へ行って、白い芥子《けし》の種をもらっておいで」

「おやすい御用です」

「ただし、その芥子の種は、一人も死人を出していないうちの芥子でなければだめなんだぞ」

「わかりました」

キサーゴタミーは挨拶もそこそこに町へとってかえしました。

一軒一軒、訪れては、

「白い芥子の実をわけて下さい。わたしの赤ちゃんが生きかえるためです」

とキサーゴタミーは頼みました。どの家でも、芥子の実をくれようとします。でも、

「このお家は、死んだ人はいないでしょうね」

とキサーゴタミーがいいますと、

「何をいうんだい。うちは今年のはじめ、おじいさんが死んだばかりだよ」

とか、

「ついこの間、おばあちゃんが死んでねぇ」

とか、

「去年、娘がお産で死んでねぇ」

とか、どの家でも、誰かが死んでいるのでした。キサーゴタミーは、もう何十軒も訪ねて疲れてふらふらになりました。その時、彼女ははっと気がつきました。

「お釈迦さまは、私に、世の中には、大切な人に死に別れない人間なんていないんだ。みんな誰かに死別した悲しみに耐えて、生きているんだ。そのことを私に教えて下さったんだ。自分の赤ちゃんが死んであまり悲しいので、私はこの悲しみは自分一人が受けたように思って嘆き悲しんでいた。こんなことでは、かえって死んだ赤ちゃんの魂がうかばれないだろう」

そう気がついたキサーゴタミーは、真っ直ぐ森へ引きかえしました。そして、その場でお釈迦さまに帰依して尼僧になり、一生懸命修行に励んで、りっぱな悟りを開いた尼僧になりました。

私はそんな話をその晩しました。

人は死すべきものとしてこの世に生を受けています。この世は無常なのです。

お釈迦さまはこの世は苦の世の中だと教えています。まず人間の受けねばならぬ苦の中に生、老、病、死があり、四苦といわれています。その次に、私たちが毎日生きていて出逢う苦しみがあります。憎むものに逢う苦しみ、愛するものに別れる苦しみ、欲しいものが手に入らない苦しみなどがあげられます。これらの中で、何が苦しいといって、愛するものに別れる苦しみくらい辛い耐え難いものがあるでしょうか。別れには、死別もあれば生き別れもあります。

無常の世の中では一寸先のことはわかりません。よく私たちは飛行機事故のとき、人生で最も楽しいハネムーンの旅で死んだ新婚の夫婦の名を見ます。幸福の絶頂にいる人間が、次の瞬間、恐ろしい死別に逢うなど、どうして予想することが出来るでしょう。

人間は愛する人にめぐりあいたいと思って生きています。そして愛する人にめぐりあった時は永久に別れたくないと思ってその愛に固執します。当然のことです。けれどもなま身の人間は病気になって死ぬこともあれば、事故で死ぬこともあるのです。死ななくとも、心が変わって、愛がさめ、別れなければならなくなることがあります。

同じように愛がさめてくれればいいけれど、どっちか一方の愛がさめて別れていくときは、残されたものの苦しみは、死別よりも思いきりが悪くてもっと苦しいでしょう。私はこの世の苦しみの最たるものは、愛する人に別れることではないかと思います。

三

巡礼の二日めになりました。

K子さんの顔が私には昨日よりいくらか明るくなっているように見えました。気をつけてみていると、昨日はたったひとりで、群からぽつんと離れて歩いていたのに、今日はまわりの人と一緒によりそって行動しています。昨夜の自己紹介で、ご主人を亡くしたと話した人々のそばにいるようです。

あるお寺で、お水をのんでいるとき、K子さんがそばにきました。

私はK子さんをさそって木かげの石のベンチに坐りました。

「何で亡くなったんですか」

「木から落ちたのです」

「ええっ」

「庭師の仕事をしていました。私は結婚したとき、主人の家族と一緒に暮すのがいやだといったんです。主人はやさしい人で、私のわがままをきいてくれて、家族と別居しました。そのため、私たちの生活は、経済的に苦しくなりました。家賃もふくめて、何もかも自分でまかなわなければなりませんもの。主人は長男だったので、家で両親と住めば、そんな心配はなかったのです。私は主人の給料が少ないと文句ばかりいっていました。主人は私や子供に楽をさせようと思って、収入のいい庭師の仕事に変わったんです。

私は収入がいいので気をよくして、主人がどんな危険なことをしているのか考えてもみませんでした。普段それはもう慎重な人で、何をするにも、細心の注意をはらって動く人だったのです。それなのに木から落ちて即死するなんて信じられませんでした。

主人が死んで、私は現場へ行き、はじめて主人がどんなに高い木に登っていたかをこの目で見てぞっとしました。主人は私や子供のために、あんな危険を毎日おかして働いてくれていたのです。

それなのに、私は当然のように思って、格別感謝をしてもいなかったのです。罰《ばち》が当たったんだと思いました。

もっともっと、よく仕えなければならなかったと思い、後悔で夜も眠れません。その上、主人は私たちに一生食べるに困らないお金を残していってくれたのです。何ということでしょう。お金なんかなくても主人が生きていてくれた方がよかったのです。

もし、私が、主人の両親と住むのをいやがらなければ、あんな仕事はしなかったし、主人はもっと生きていたと思うと、たまりません。みんな私が悪いのです。私は主人に死なれないと、自分の馬鹿さがわからない人間だったのです」

K子さんは、何かに憑《つ》かれたように一気に話しました。目からはまた涙がとめどなくあふれていました。

けれども、その涙の量だけ、K子さんの心が軽くなっていくのが私にはわかるようでした。

「昨夜の自己紹介で、ご主人に亡くなられた方がとても多いのに気がついたでしょう。未亡人はあなたひとりでないってわかったでしょう。みなさん、しっかりして、強く生きていこうという姿勢だったでしょう」

私はK子さんに話しつづけました。

「ご主人の霊は、あなたがいつまでも泣いているのを見て喜んではくれないでしょう。早く元気になってお子さんを支えて、生きていくことを望んでいらっしゃるでしょう」

「ええ、私もそう思えてきました。みなさんも励まして下さるんです。この頃、主人のおかあさんのところへ出来るだけ顔を出すようにしています。一番、私の寂しさをわかってくれるんです」

「そう思えるようになっただけでもいいじゃありませんか。一番、それをご主人がのぞんでいたのかもしれないわ」

「ええ……この頃、何かするとき、じっと主人の写真を見て、どうすればいいのって、きくんです。答えがかえってくるような気がします」

「生きているときより、近くによりそっていると思いませんか」

「あら、そういわれると、ほんと、そうですわね。いつでも、起きていても、夢の中でも主人と話しつづけていますもの」

「生きていらっしゃるときは？」

「一緒にいるのが当然だと思って、つとめて話しあうなんてしませんでした」

K子さんは、そういって黙ってしまいました。

出発をつげるリーダーの声が聞こえて、私たちは立ち上がり、バスの方へ歩きはじめました。

私はバスにゆられながら考えつづけていました。K子さんは明日はもっと明るい表情になるだろうと。

私たちは、明日があると思うからイージーになるのだと思います。『徒然草』には、大事を思いたったら、あれもして、これもしてなど考えず、その場ですぐ決行せよと教えています。

私たちの別れは、いつでもすぐ一分後にあるものと考えていいでしょう。

大好きな花びんを、かわいい猫が、落として、一分後にはこわしているかもしれません。花びんひとつだって、それは別れでしょう。

今すぎていくこの一瞬の時間も、別れでなくて何でしょう。

私たちは、一瞬一瞬に心をこめて、真剣に、悔いのないよう生きていくしかないのではないでしょうか。

私はよく幸せな奥さんたちに話します。

「朝、ご主人を勤めに出すとき、夕方必ず帰ってくるという保証がありますか。ご主人の乗った電車が、てんぷくするかもしれないし、歩いているとき、工事場から何かが落ちてきて、その下敷きになるかもしれないし、ご主人のビルが、爆破されるかもしれないし……世の中のことは一寸先は闇でわからないのですよ。今、見送るこれが、もしか永久の別れになるかもしれないと思ったら、お別れのキスくらい情熱的にしてはどうですか」

幸福な奥さんたちは、どっと笑いころげてしまいます。

でも、私は冗談をいっているのではないのです。一瞬を大切に生ききったら、何がおきても、悔いが少なくなるのではないでしょうか。

逢うは別れのはじめです。逢わなければ愛もおこらないのに、逢ったばかりに私たちは愛し、執着し、そして悩みます。

人でも物でもそれは同じではないでしょうか。万年筆ひとつ落としても、私たちは惜しくてしばらく不愉快になります。

けれども人は、生きていく途上で無数の別れに出逢い、その悲しみに耐えることによって、心がきたえられ、また成長していくのです。

悲しみを知らない人は、人の悲しみがわかりません。

愛する人に別れたことのない幸せな人は、愛する人に別れた人の悲しみにやさしい手をさしのべることは出来ません。

別れの辛さには決して馴《な》れるということがありません。いくどくりかえしても別れは辛く苦しいものです。愛が深いほど、その悲しさは強いといえます。

それでも私たちは、こりずに死ぬまで人を愛さずにはいられないのです。それが人間なのです。

亡くなった人への愛に固執せず、亡くなった人の生命まで自分に引き受けて、たくましく生き、新しい愛にめぐりあってほしいと思います。それは不貞でも何でもないのです。亡くなった霊は愛するものの、幸せしか祈っていないのです。なぜなら、彼等は人間ではなく、仏になっているのですもの。

# 命について

一

お釈迦様の説かれた教えの中に、人間がこの世で受けなければならない四苦を示されています。生、老、病、死です。

人間は母親の胎内から、この世に生まれ出る時、本当に苦しい思いをして生まれてきます。でも赤ちゃんはまだ知覚がないのですから、生む方のお母さんの方が、ずっと苦しいわけです。人間に生まれることは難しいと、仏教では教えていますし、四苦の「生」は、そういうように解釈されてきました。せっかく母親の胎内で人間に生まれる生命をさずかっても、お母さんが、その子を生みたくないと、堕胎してしまえば、この世の光りを見ることは出来ないのですから、生まれる赤ちゃんはやはり人間と生まれることは難しいとつぶやいているかもしれません。

私の住んでいる嵯峨《さが》には、水子地蔵の供養をするお寺がいくつもあるせいか、私が道を歩いていると、若い美しい娘さんから、

「水子供養のお寺はどこですか」

ときかれることがあります。私は有名なその寺の場所を教えますが、その娘さんがさっさとお寺へ向かって歩いていった後で、何ともいいようのない気持に落ちこみます。

いつか、そのお寺へ行ってみました。まだ新しい水子地蔵さまの前に、若い娘さんが、列をなして詣っていました。何ということだろうと、肌が寒くなりました。

また嵯峨のある山の中には、水子地蔵が、何百体も並んでいます。一人が一体ずつ供養のためおさめるのだそうで、たちまち、千体も万体にもなることでしょう。やがて全山、水子地蔵でおおわれてしまうかもしれません。

私は供養という意味は、そんなことではないと思います。新聞などで水子供養の広告の出ているのを見ることがあります。お金をいくら送ってきたら、名前など書かないでも永久供養してあげるという広告文です。私はそんなお寺に名を秘してお金を送る娘さんの姿を想像しただけで胸が痛くなります。

供養はお金で出来るものではありません。たくさんお金を出したから、仏になった人の菩提がとむらえるなら、お金持ちの仏だけがあの世で安らぎ、貧乏人の仏は、あの世でも苦しむということでしょうか。

そんなことはないのです。お金をお寺に送ったり、石の地蔵さまを造って寄進したり、それで赤ちゃんひとり殺した罪がきれいにぬぐわれるなどと考えることが、大まちがいなのです。

日本は世界一の堕胎王国だということです。日本に宗教がないと世界の人々からいわれても仕方がないと思います。

仏教では人間以外のすべての万物にも仏性を認めています。ということは、この世のあらゆるものに「いのち」があるという思想です。

私が出家してはじめて叡山《えいざん》で修行しました時、その日の仏様のご用をたす水を汲《く》みに横川《よかわ》の夜明け前の山径《みち》を毎朝駈けていきます。そこには千年も昔から湧きつづけている井戸があります。その井戸の水を汲むのですが、その時、杓《ひしゃく》の底に木綿の布をはりつけたもので汲みだします。

私は井戸の水の上にごみが落ちているので、それをこすために、そうするのだと思っていました。そうしたら夜の講義の時、先生から、水の中には目に見えない微生物がいるので、それをいっしょに汲んで殺してしまうといけないから、そうやって、汲みあげるのだと聞かされ、びっくりしてしまいました。

　私の衛生観念などはるかに超越したすばらしい仏の慈悲だと感じいったことでした。

　どんな虫けら一匹でも殺すべからずというのが仏の思想です。だからといって、マラリアを伝達する蚊や、台所に跳梁《ちょうりょう》するゴキブリたちまで捨てておいては、現代の文明社会の私たちは病気になってしまいます。

　でももし、台所にこれほどあまりものや、捨てるものがなかったら、ゴキブリなど生きていられないのではないでしょうか。平安朝にゴキブリはいたのかしらと考えこんでしまいます。

　いずれにしても私たちはもののいのちをもっとみつめて、大切にしなければならないのではないでしょうか。

　目には捕えられない微生物のいのちも大切にされた釈尊は、人間が母のおなかにいる赤ん坊のいのちを殺すことなど許されるはずがありません。

　貧しくて子供が育てられないから産まないといって、昔の人は「まびき」と称して、胎児を殺しました。原始的な方法でそれをしたので往々《おうおう》母体も殺されてしまうことが多かったのです。

それなら医学の進んだ現在の堕胎は母体が安全かというと、決してそうではありません。今でも全く医者の手さぐりのカンでそれは行われています。下手な医者にかかって、どれだけ多くの母体が殺されているかわからないのです。

婦人雑誌の取材で私は、堕胎の実状を調べたことがあります。それは恐ろしいものでした。病院で、母体が危険になった時、家に知らせようとしても、偽名《ぎめい》と、偽の住所をつかっているので、どうしようもなく、そのまま、葬ってしまう例が数えきれないと聞いてぞっとしました。

山の中に数えきれないほど並んだ水子地蔵に出あった時、私はとっさに、ずっと昔聞いたこの、名も住まいも偽のまま死んでいった母たちのことを思い浮かべました。でも、無事、生きのびて、おなかの子だけを殺して平気でいる母と、死んでしまった母と、どっちが罪が深いのでしょうか。

ノーベル賞を受賞した人の精子をもらって、子供を産むことに成功したというニュースを聞きました。また試験管ベイビーも育っています。

私は人間が旧《ふる》いのか、どうしても、そういう話を聞くと気持が悪くなってしまいます。

人間よおごるなかれという声が、どこからか聞こえてくるように思います。

「いのち」は人のはからいの外のものではないでしょうか。人間は自分の智慧にうぬぼれ、神仏の領域にまでふみこんで、もののいのちを左右しはじめた時から、不幸がはじまったように思われます。

二

最近、寂庵へ知人の息子さんが見えました。頭のいい人で、おかあさんの自慢の息子さんでした。

一流の学校を出て、一流の商事会社へ勤め、貿易会社からひきぬかれて、今は外国暮しが多いということでした。

私は高校の時逢ったきりなので、突然こられた時、とっさに思い出しませんでした。名乗られて、思わず、

「まあ、大きくなって」

といってしまいました。一分のすきもない洗練されたビジネスマンというタイプでした。

背後に小柄な、でも思わず見直したくなるような可愛らしい娘さんが身をかくすようにしています。

「奥さん？」

といってしまって、私ははっとしました。その若い女性が赤くならず青ざめたからです。

「ぼくの恋人」

と、彼はわざと明るい声でいいました。とっさに私はすべてがわかりました。彼は結婚していて、奥さん以外の恋人をつくったのでしょう。

「この人がどうしてもここへ来たいというので」

彼は訪れたわけをいいだしました。この間その可憐《かれん》な人は、恋人の子を堕《お》ろしたばかりだというのです。彼がアメリカへ出張中にひとりで始末してしまったというのです。

「産みたければ産んでもいいよって、ぼくはいったのに」

男がそういった時、それまでおとなしくうつむいていた女が、突然顔をあげ、

「ウソ、口ばっかりで……ほんとは私に堕ろしてほしかったくせに！　責任とるのがいやだったんじゃないの！」

「そんなことないよ、だから一度だって僕は堕ろせなんていってやしないだろ」

もう女は、男の方に見向きもしませんでした。抗《あらが》っても無駄だと知っているのです。男は快楽の時間にはみんなやさしい都合のいいことばかりいいます。

それでもいざ恋人が妊娠してしまうと、そんなドジをふむ女は、たしなみがないとか、気がきかないとか、内心いらいらして女を憎むのです。どうやってこの場をうまく責任のがれするかに、頭をなやまします。この男のように、「産んでもいいよ」っていいつづけ、女の一存のような形で堕ろさせてしまうのが、一番ずるいやり方なのです。

女はもう、うつむいてばかりいませんでした。きっぱり顔をあげていいました。

「水子地蔵の供養って、気休めでしょうか。よく広告の出ているお寺へは行きたくないのです。ここの仏さまに庵主さんにおわびしていただけないでしょうか。どうしたら、あの子に許されるのでしょうか、教えて下さい」

その人の頰《ほお》には涙があふれて流れていました。

私はその人を藪《やぶ》の中の小さな石仏の前につれていきました。その石仏は知らない人が、道端にころがっていて勿体《もったい》ないからと、かついできて置いていったものなのです。私の書斎の窓に向きあわせに藪の中に据えましたら、もう百年も前からそうしているように見えてきました。ふとある日、私はその石の表に小さな赤ん坊をみたのです。目のせいかと思いましたが、日毎にその赤ん坊がよく見えてきました。母に抱かれた赤ちゃんの地蔵さまです。何百年か前、子をなくした人がそんな地蔵さまをお墓のかわりにつくったのでしょう。

「うちの水子地蔵さまよ。あなたが心のすむまで赤ちゃんにおわびして、仏さまにあの世で守って下さるようお願いして下さい。お花はそこに咲いてるでしょ。お水はあの井戸にあります」

私は彼女をひとりそこに残しました。男も急にしょんぼりして、彼女の後ろに立っていました。

帰りに私は、写経のお手本と紙をあげました。赤ちゃんのために写経をしてあげなさいといいました。お経をあげたことがないというので、般若心経《はんにゃしんぎょう》のあげ方を教えてあげました。

それから二月ほどして、彼女から手紙が来ました。

恋人とは別れたという報告でした。写経ははじめは難しかったけれど、今はとても楽しくなってやめられなくなったといってきました。

健康になって、人生をやり直したいといっているのが私にはとてもうれしかったのです。

三

　またその頃、若い二人づれが訪れました。私の友人の詩人の三男坊で今はパリで絵の勉強をしているYさんでした。私は子供の時から知っているので、とても可愛いし、なつかれてもいました。美男でやさしいので、高校時代から女の子にもててもてて大変だったのです。大学へはほとんど出ないで、有名なファッションモデルや、女優さんに可愛がられて、いっぱしの色ごと師になっていました。

　その度なぜか、相手の女の人をつれてくるので、私は何ヵ月つづくかしらと占っていたくらいです。

　映画にも舞台にもちょっと顔を出し、すぐやめてしまいます。何をやってもつづかないのです。

　パリに行ったときいて、どんな暮しをしていることやらと思っていました。

　Yさんは、髪を短く切ってさっぱりした顔になっていました。パーマのかかった長髪や、カーリーヘアーしかみていなかったので、平凡なそのヘアースタイルにまでびつくりしました。

背後についてきた女の人は、彼と同年くらいで、長い髪をのばしただけの化粧気の全くない人でした。さっぱりした身なりは、どこも気どっていません。それでいて、二人ともさすがパリで住んでいるというどことなくすっきりしたところがあります。

「ぼくたち結婚しました。そしてこの春、女の子が生まれたんです。いや、順序からいうと、彼女が妊娠したので、結婚したんです。ずいぶん、いろいろなことがあったけど、結婚するならこの子だと思っていたから、そうしたんです。

赤ちゃんが生まれる前、とても怖《こわ》くなりました。だって、ぼくはさんざん遊んだし、子供だって、何人か堕ろさせているでしょ。罰が当たって、五体満足な子なんてさずからないんじゃないかと思いはじめたんです。昔のこと、彼女には何もかくしてなかったけど、そこまでは話してなかったんです。

彼女ははじめての経験で、とても幸せそうなんです。

生まれてみたら、可愛い女の子で、指もちゃんとついていて、目もあったんです。ぼくあの時ほど、有り難いって思ったことありません。信仰は何もなかったくせに思わず、病院の壁に頭を押しつけて神さま有り難うって祈っていました。

マリと名をつけました。マリはとても元気でよくおっぱいのんで順調に育ってたんです。それなのに三ヵ月めに、急に病気になって死んでしまったんです。パリの医者も親切で必死にやってくれたけれどだめでした。どうしようもなかったんです。千人に一人しかない病気だったんです。

もうその後、どうしていいかわからなくて、二人で毎日泣いてばかりいました。可愛そうでたまらないんです。ぼくの殺した子たちのこともはじめて痛切に思い出しました。あの子たちだって生まれていたら、マリみたいに可愛いかったんだろうと思うとたまらないんです。骨を持って日本のお墓に埋めに帰ってきたんです。

昨日、何もかもすんで、まだ落ち着かないのでここへ来ました」

私はYさんの奥さんがハンドバッグからとり出して見せてくれたマリちゃんを見て思わず落涙しました。まるまる肥って美人の赤ちゃんだったのです。

二人は一日寂庵でゆっくりして帰りました。

やがてパリからマリちゃんのママの便りがありました。

「京都ではいろいろ有り難うございました。どうしても納得出来なかった心が、不思議にあれ以来落ち着きました。

罰など当てるようなせまい心の仏さまはいないとおっしゃられて、Yはすっかり安心しています。他から罰せられるのではなく、自分の心の闇に罰せられるのだとわかったようです。私も気づかないでさまざまな罪を犯しつづけていると思います。生きることが罪をつくる連続のように思われてきました。

でもそんな不出来で不遜《ふそん》な私たちにでも、仏さまはあんな可愛いマリを抱かせて下さったのです。たとい二ヵ月にしろ、あの子がこの世に生まれて以来の幸福は、私のこれまでの生涯でかけがえのないものでした。

あの子は私たちに人のいのちの尊さ、有り難さ、かがやきを教えに来てくれたのだとようやくわかってきました。

私たちは若さにまかせて親たちに、

『頼んで生んでもらったんじゃない』

などいってきました。何という怖ろしい恥ずかしいことをいったかと思います。自分が覚えていない時、どんな病気をして母を心配させたことかと思うと、はじめて母の有り難さがわかりました。

また、私は、これまで肉親をなくした人のぐちっぽいのにいらいらして、

『泣いたってなげいたって、死んだ人が生きかえるわけじゃないのに』

と心の中で思っていたものです。

マリに死なれて、世界中の人に訴えて泣き、いくらぐちをいっても足りない気のす

る今、ようやく自分が人の不幸にどれほど無神経であったかと気づき、何と後悔していいかわかりません。

マリはあの小さい軀《からだ》で、まだことばもいえないのに、だまって生きて、死んでいって、その存在のすべてで、私たちに、さまざまな尊いことを教えていってくれたのです。

神か仏の使者だったにちがいありません。

いただいたご本、くりかえし読み、涙をこぼしています。お地蔵さまの本も、ブッダをめぐる女たちも、みんな面白く読んでいます。さまざまなことをご本からも教えられました。

写経はつづけています。最後に『為マリ冥福《めいふく》』と書く時、必ずマリの寝顔が出てきます。

あの世があるように思われてきました。

Yは、日本の土で、マリ地蔵をつくって、それをパリに持ってきました。掌の中に入るほどですが、庵主さんに教わった通りにして、よかったといっています。

『きっと、マリちゃんがまた赤ちゃんになって帰ってくるでしょう』

とお別れぎわにおっしゃったお言葉がこのごろしきりに思い出されます。

私たちが前よりは少しはいい親になったら、マリは帰ってきてくれるのでしょうか。

今日は月命日なので、お便り書きたくなりました。今朝の写経を寂庵の観音様にお供え下さいませ、同封しておきます」

私は手紙と、美しい写経を持って持仏堂へひとり入りました。

# 祈りについて

# 一

私は日本の仏教が堕落したのは、祈りに現世利益を頼み、僧が、信者に現世利益から仏の存在を信じさせようとしたからではないかと思っています。お経を読めば、奇跡がおこります。祈れば病気が治ります。信心すれば商売が繁昌します。そういって信心をすすめたのです。今でもあるお寺へお参りすれば、死ぬ時、長患いせずぽっくり苦しまず死ねるというので、ずいぶんそのお寺へお詣《まい》りする人がふえているという話もききます。

祈ればご利益がいただけるから信心するというのでは、お金を出して物を買うのと同じになってしまいます。ご利益があるからお経をあげる。ご利益があるからおさい銭をあげる。ご利益があるから先祖まつりをするという精神は、欲のまじったもので、欲をまじえれば仏さまにお任せしたことにならないのです。日頃は神社仏閣など寄りつきもしないのに、入学試験の頃になると、子供がいい大学へ入りますようにと日参するおかあさんを見かけます。その時ばかりは日頃のケチを忘れて、お賽銭《さいせん》やお供え料をうんとはずみます。それで落ちれば、あのお寺は験《げん》がないとか、あの神さまはちっとも効かないとか文句をいっているのです。自分の息子や娘の頭の悪さを忘れて文句をいってもはじまらないでしょう。利益とはあくまで仏さまの方から授けて下さるもので、需《もと》めても仕方がないと思っていました。

こういう考えを持っていたので、日本の古典文学によく出てくる霊験物語、たとえば、観音様に身代わりになっていただいて救われたとか、お地蔵さまが夜なかにあらわれて、働いて下さったとかいう話を素朴なおとぎばなしとしては面白いと読んでも、仏教のご利益と結びつけるのをつとめて排してきました。

出家して以来、私も朝夕は持仏堂でお経をあげ、お祈りしますが、有縁《うえん》無縁の三界万霊のために、あるいは知人のために祈っても、自分自身の利益については祈ったことがありません。私は実に我意の強い人間でしたが、出家して以来は、すべては仏のおはからいにおまかせしていますので、病気をすれば、した方がよくてさせて下さったんだろう、けがをすれば、これも何かの意味があってさせられたのだろうと思うようにしています。そして物事がうまく運ばない時も仏のはからいだと思えば、うまくいかない方が、きっといいことに向かうのだろうと考えるようにしています。

もちろん、すべてが順調に運び、健康な時は仏さまがそうして下さっているのだろうと思い感謝はしますが、自分のお経やお勤めのためにそうしていただいたとは思わないのです。私のお経やお勤め程度で、仏さまの霊験が得られるはずはないと思っています。

自分のために祈る時は、どうしても私欲が働きます。ああして下さい、こうして下さいと祈るのはあさましい気がするので、私は「仏徒として文学者として、より正しく生きる道をお示し下さい」と毎日祈ることにしています。そして、身近な人の悩みや不幸については心の底から、

「ご加護を垂《た》れ給《たま》え」

と祈ります。自分のためには気恥ずかしくて口に出来ないお願いも、他人のためなら心から口をついて出るから不思議です。きっとそこには私欲がないから恥ずかしくないのでしょう。

私は霊と念を信じています。ですから一心に念じた祈りが、諸仏の霊に感応《かんのう》するということは信じられるのです。

昔から、日本の仏教は権力者にこびて、その人たちのために、加持祈禱《かじきとう》をして、時には彼等の敵を祈り殺したりしたものです。本当に祈り殺されたかどうか怪しいものですが昔の人はそれを信じていました。平安朝時代は、病気はすべて「物の怪《け》」のせいだとして、それも高僧の加持祈禱によって祈り追っぱらえるものと信じていました。

今、科学がそんなことはあり得ないと教え、私たちは、だれもそんなことを信じようとはしません。病気は医者に診《み》せ、適当な治療をすればいいのです。しかし医者も人間です。誤診があり、薬害があり、手術の失敗があり様々な不幸が起こります。医者も人間は不完全なものです。医者も人間の発明した薬も全能ではないのです。医者に見放された患者が、信心して健康になったという例もあります。しかしそれは、信心したから霊験で救われたと短絡的に考えるのはどうでしょうか。医者に見放された患者は絶望的です。絶望の中で人間のはからいの外のものにすがる素直で純な心が生まれ、念が通じれば心の絶望に光りがさし、生きようとする活力が生まれて、人間の中に眠っていた自然治癒《ちゆ》力が活発になってくるのではないでしょうか。

もともと人間は、命と共に自然治癒力を与えられているのに、文明が進むにつれ、その力を見失ってきているのです。

無私の心になって祈ることによって、人間の素直な心がよみがえってくる。それがみ仏のおはからいだろうと思います。

み仏は、ただ向こうから何かを与えて下さるのではなくて人間の中に自分で立ち上がり、自分で考える力をよみがえらせて下さるのだと思います。それにみ手をかして下さるのです。

何も努力しないで、ただお扶《たす》け下さい、何かを与えて下さいと祈るのは、人間の甘えです。

祈るということは、自分を生まれたての赤ん坊のように無心にして、聖なるものに身をなげだし、ひれ伏し、どうともして下さいということではないでしょうか。たとえ、ひれ伏している真上から刀をふり下ろされても悔いないという絶対の信を得るために、人は祈るのではないでしょうか。

祈りの習慣を持った人は、必ず、自分の祈りにみ仏が、今、応えて下さったという実感を得た経験を持つだろうと思います。

それは祈りにみ仏の霊が感応してくれた時です。

そういうことは案外期待した時ではなく、ある日、ある時、はっと、み仏が応えて下さったことに気づくものです。

## 二

私はよく旅に出ます。旅先では持仏堂の仏様は持っていけませんので、いつも掌に入るほどの経本を持っていて、ホテルの部屋や、飛行機の中でお経をあげます。そうすると心が落ち着き、絶対、事故がおこらないという平安な心になります。特に飛行機の中では、自分のためというより、こうして乗りあわした人々がみんな無事着陸しますようにと観音経をあげます。

私の持仏は聖観音なので、観音経をあげると、私の声に即座に観世音が飛行機に乗りこんできて下さったという安心感があります。

万一、墜ちたって、私は観音様といっしょに、観音様のご案内であの世へ旅立てるのですから、そんな安心なことはないと覚悟しています。

何度もいうように私は自分のために、観音様に祈ったことはないのですが、ある時、真剣に、斎戒沐浴《さいかいもくよく》して、真剣に祈ったことがありました。それは私の友人がガンだと診断された時でした。私はどうか、彼女の命をお扶け下さいと祈りました。どう考えてもまだ子育ての最中で、一家の中心でもある未亡人の彼女を死なせることは出来ないのです。彼女の長女が医者から宣告され本人は知らないはずでしたが、敏感な彼女は知っていました。

私は自分の信仰の薄さをこの時ほど感じたことはありません。人にやさしくいつでも身を犠牲にしている人がこんなめに逢うなんて神も仏もないのではないかと思いました。私ははじめは賭のようなつもりで祈っていました。そのうち、何が何でもみ仏にお扶け願いたいと思いました。そのうち、自分の生命をちぢめて下さってもいいと祈っていました。

その間、私は写経をしました。祈りをこめてしました。

半月後、彼女の長女が駈《か》けつけてきました。

「誤診だったのですって！　ガンではなく、憩室《けいしつ》という病気だったんです。それも手術しなくて治りますって」

私は身震いがとまりませんでした。喜んでいる人に、私が祈ったことなどはいいませんでした。私は持仏堂に駈けこんで身をなげうってお礼の祈りを捧げました。誤診がわかったということははじめからガンではなかったということですから、観音様のお力で治ったとはいえないでしょう。私はそれでもこの時、今まで決して信じなかった霊験譚《たん》というのは、こういうことを面白く書きつづったものかもしれないと思えてきました。

彼女はすっかり元気になって働いています。

理性的な彼女に、観音様の話をしても笑うだけでしょう。それでいいのだと思います。

私は今も毎日、お勤めの時、彼女の分も感謝の祈りを捧げています。

約束通り、私の命が予定より早く召されたところで何でもありません。私は自由な境涯ですし、したいことはもう存分にさせてもらったのですもの。

三

最近のことです。遠縁に当たる大阪の仏壇屋の跡取りが青い顔をしてやってきました。

代々の仏具商で、盛大に商いをしている家の総領息子です。結婚して二人の父ですが、まだお父さんが健在でしっかり商売をしているせいもあってか、あまり店に居つかず、やれ、JCの会だとか、PTAだとか、同窓会だとかいって外にばかり出て遊んでいます。

金はある上、女好きのするハンサムなので外で女にもてて仕方がないと、お母さんがいつも私にこぼしていました。おとなしい奥さんがいるのに、いつでも愛人がいるとのことでした。N郎さんと呼びましょう。

N郎さんは、私の前にいつになく神妙に膝《ひざ》をそろえて正座し、

「今日はお願いがあってまいりました」

というのです。一瞬、私は、どきっとしました。日頃N郎さんのお母さんが心配していたように、おとなしい奥さんと別れ、バーのママさんだという愛人と結婚したいといいだすのかと思ったのです。

「実は、とても恐ろしい目に逢ったんです。誰にもいえないので、こちらへ来ました。まあ、これを見て下さい」

N郎さんが取りだしたのは白絹に包んだものでした。その中から二十センチくらいの銀の観音様が出て来ました。ほっそりとした美しいお姿は何ともいえないやさしさに輝いています。蓮華《れんげ》を持った聖観音様です。

「このお顔見て下さい」

私はいわれて老眼鏡をかけ直して、机の上の観音様を拝しました。どういうことでしょう。首から上が、どす黒く金色に変わっているのです。何かをそこだけかけたようです。金といってもピカピカ美しく輝いているのではなく、べとっとした感じで変色しているのです。

胸から下が銀色の美しさですから、それは何とも異様で不気味でした。その上、よく見ると、品のいいお鼻が曲がっているし、ほっぺたに、化粧がはげたようなむらむらがあり、左の頬がぺこっとそげたようで、右の頬が、歯痛の女の子のようにふくらんでいます。

もっとすさまじいのは目が上目にむいて恐ろしい形相で睨《にら》んでいるのです。

「どうしたのこれ」

私は呆《あき》れてつぶやきました。

「ね、恐《こわ》いでしょう。気味が悪いでしょう」

N郎さんは落ち着きのない様子で言葉をつづけます。

「この観音様はもともとは、それはきれいなやさしいお顔していたんですよ。あんまり可愛らしいので、実はこっそり盗んで、彼女のところへ持っていってやったんです。ええ、銀製だから相当の値のものです。うちは売りものの仏像がいっぱい並んでいるので一つくらい持っていってもわからないと思ったんですよ。飾り物にしても上品で美しいと思ったんです。

そしたら、この観音様を持ちだした三日めに、ぼくと彼女の乗った車が、追突されて、危く命を失うところでした。運転席にいた彼女はムチ打ちにかかってその場で入院、ぼくの方はどっこも悪くないのです。信じられないと医者がいってました。車は後方がもうめちゃめちゃにつぶれています」

「まあ、何て危かったんでしょう。でもよかったわね」

私は背筋が冷えてきました。

「それからなんです。ぼくが彼女の荷物をとりに、マンションへ行って、何気なく飾り棚のこの観音様みたら、お顔がこんなに金色に変わってるんです。ぎょっとしてもう足ががたがたふるえました。

彼女に話したら、前日までそんなことなかったっていうんです。病院へ見せにいったら気持悪がって、早く持って帰ってくれっていうんです。もう、どうしようもなく怖《お》ろしくなってしまいました。

ぼくが悪かったんです。きっと、観音様が、あんな不潔な場所にいるのはいやだといって怒ってられるんだと思います」

私はため息をついてしまいました。

「こちらの持仏堂へおおさめして、拝んでいただいたら、罰がとけないでしょうか。ご供養していただけないでしょうか」

私は気のせいかもしれないと思って、観音像を手に取り、近々と見直してみました。やはり顔は黒い金色にてかてかして、鼻が曲がり、目は上目に睨みつけています。

「おっそろしい形相でしょう」

N郎さんがこわごわ中腰で覗《のぞ》きこんでいます。

「でも、そんな奇跡みたいなこと、N郎さん信じられる？」

「信じられるもられんも、現にこうして、こんなことがおこってるんですから」

「でも、何かの加減で、顔だけ酸化したとか、あるいは何かの液体がかかったとか」

「だって、きっちり、首から上だけですよ。お体の方はどうもなっていないんですよ。それにお顔はほんとに前はそんな変な恐いんじゃなかったんです。マリリン・モンローみたいにかわいらしかったんですよ」

マリリン・モンローみたいな観音様なんてあるかいなと思いながら、私はやや丸顔のお顔を見つめ直していました。

「あなたは、これをそんな場所に持っていったから罰が当たったと思ってるけれど、もしかしたら、この観音様が、あなたの身代わりでお顔にけがを引き受けて下さったとは思わない」

N郎さんがぱっととびすさりました。

「これ以上、恐いことといわんといて下さい。でも……そういわれると、何だか背中がぞうっと冷たくなってきますね」

「何て、この観音様を持っていったの」

「罪造《つく》りな人だから、まあ、この観音様でも拝みなさいっていいました」

「彼女は拝まなかったのね。あなたは、拝ませようとしたくらいだから、二、三度は手を合わせているでしょ」

「ええ、盗み出す時も合掌して拝みましたよ」

私は吹きだしてしまいました。そういう気のいいところが女たちに好かれるのでしょう。

「でも、うちのお堂に盗品は置けないわ」

「はい。この観音様を友だちに売ったといって店へきちんと代金払っておきます」

「ほんと?」

「ほんとです。観音様に誓います」

私は持仏堂へその観音様を持っていきました。

N郎さんはその下にがまのように這《は》いつくばって、おでこを床に押しつけて拝んでいます。

「申しわけございません。もう今後、遊びはやめます。あんなところへおつれして申しわけございませんでした。お許し下さい。お許し下さい」

N郎さんは、まだ、自分の身代わりに観音様がケガを引き受けて下さったとは思えないらしいのです。

「彼女は首が長いからひどいんで、ぼくは首が短いから助かったんです」

などといっています。

私は観音経をあげました。

それ以来、毎日観音経をあげるたび、N郎さんの罪をお許し下さいといい、N郎さんの身代わりになって下さって有り難うございましたと拝んでいます。

それにしても、私は霊験譚などは信じないといってきました。今も半信半疑です。

それなのに銀の観音様は日一日、お顔が白くなりはじめ鼻もまっすぐになり、頬のむらむらもとれてきました。

今朝、お茶とご飯を運んだ手伝いの少女がとんきょうな声をあげて、持仏堂から飛びだしてきました。

「庵主さん！　庵主さん！　あの観音様が笑っていらっしゃいます」

私も拝みに入りました。

上目に睨みつけていた恐い目が半眼とじ、ほのぼのとやさしく私たちを見下ろし、唇のあたりにほのかな微笑がただよっているのです。

私は夢を見ているのでしょうか。

# 加持について

私の育った家は神仏具商でした。はじめからそうだったわけではないのです。

私の父は、さとうきびから砂糖をつくる家の三男に生れています。父の生家は香川県の山奥の村でも一、二の裕福な家で、尊敬もされていたのでしたが、父の父、つまり私の見たこともない祖父が、悪友と悪い番頭に誘われて放蕩を覚え、たちまち、家産を傾けてしまいました。父がまだ小学校に上らない頃、祖父は、妻と四人の子供たちを残して、旅の一座の女役者の後を追って蒸発してしまいました。

後には莫大な借財が残されていました。父は小学四年生を出るとすぐ、山を越えた隣県の徳島の町の指物職人の家に奉公にやられました。その家で二十一の年まで無給でつとめあげて、独立してようやく自分の家を持ったのです。母がお嫁に来た時、あんまり何もないのでびっくりしたとよく話していました。

私の物心ついた頃は、若い弟子が十数人いて、仕事場で、神棚の上にまつるお社や、お餅をいれるもろぶたや、お正月の四方棚や箪笥や鏡台や机や、ちりとりや、脚立まで、注文に応じて何でも生活に必要な木工品を作っていました。

いわゆる神仏具商と呼ばれるようになり、仏さまと神さまのものだけを並べて店に置くようになったのは、私が小学校に上ってからだったように思います。

その頃から店へ、お寺の坊さんや、神社の神主さんや、何々教の先生とよばれる拝《おが》みやさんが出入りするようになりました。

小学生の私は、その人たちに神さま仏さまがのりうつったり、神さまや仏さまの言葉を信者に託宣するのを何度も目の当りにみました。それは、うちの座敷であったり、店へお客さまとしてくる住職のお寺であったり、拝みやさんの先生の神社の中であったりしました。

「われは正一位稲荷大明神なるぞ」

などと、拝みやの先生がいきなり大音声をあげて、ぱっと畳から飛び上ったりするのも見ました。信者さんは「うへーっ」とその場にひれ伏して、ひたすら、のりうつった神や仏のお言葉に恐懼しています。私は子供心にも、何だかその状態が芝居がかっておかしいと思いました。

家を移りたいがどこがいいかとか、嫁と姑の仲が悪いから別居しようかとか、病人が治らないのは、医者の方角が悪いのか、合性が悪いのかと、そんな信者のおうかがいに、神さまや仏さまが即座に答えをだすのです。

そして、その場が終れば、神や仏がいなくなり、拝みやの先生も、お坊さんも、ただの人になって、お酒をのんだりくだらない世間話に興がったりしています。

そういう光景が目にしみたせいか、私は大人になってからも、むしろキリスト教に惹かれて、お寺や神社を崇う気持が薄かったように思います。

お加持ということも、子供の頃よく見ました。数珠をふりあげて、大声でダラニや真言を称えながら、信者の頭や背を叩いたり、撫でさすったりしていました。手を刀のようにふりあげふりおろして、

「エーイッ」

と気合をかけたりするのもみました。何となくすべては芝居くさくインチキがかっていました。

私は思いもかけない運命で、自分が尼僧になった時も、仏教のそういう呪術的な面や加持祈禱ということにはほとんど無関心でした。むしろ、仏教が今日堕落したのは、日本人が、やたらに仏教に現世利益を需め、祈りの報酬を期待するようになったことが、大きな要因を占めているようにさえ考えていたのです。

私が出家した時、私は人間以外の超越的なあるものの存在を知りたいと思い、それが神であろうが、仏であろうがかまわないと思っていました。人間の力の有限性、人間の心の卑小さの外にある無限の愛、そういうものに憧れていました。すべては自分の限界を見きわめたことから生じた止み難い憧れでした。

その時、私は、もしそういう「何か」に抱きとられたなら、そのものの存在を、心に感じることが出来たなら、その場で死んでもそれでいいという想いだけで、「そのもの」から、何かをもらいたい、何かをしてほしいという考えは全くありませんでした。

中尊寺の本堂で、壮厳な得度の儀式を営まれている時でさえ、私はまだその式を受けている自分を見ているもうひとりの小説家の目があるのを自覚していました。もっと純粋に忘我になりたいと、心の底でひそかに思っていました。

別室で髪をおろす時、バリカンが私の髪をざくざくと刈り落し、私の黒髪がくるくると弾みながら、私の胸の上に落ちてくるのを認めたと同時に、頭にすっと涼しい感じを覚えた時、はじめて私は無私無心になって、自分を何かに投げだしたという実感がありました。何もかも、自分の一切を捨てたというすがすがしい想いがありました。その時も、ただ出家出来たということが有難く嬉しくて、出家したことで仏さまからおかえしや御ほうびなど貰おうとはさらさら考えてはいませんでした。

今、出家していつのまにか十年余もすぎて、ふりかえってみると不思議な気がします。私はこの十一年間にただの一度もただの一瞬も、出家したことを後悔したことはないのです。これはとうてい自分の力ではないと思います。どんなに好きあって一緒になった夫婦でも、十年もすればたいてい、別れたいと思うことの一度や二度はあるものだし、倦怠期は、さけようもなく訪れるでしょう。それなのに、十一年もの間、一瞬も後悔しないで、何か身辺に起る度、ああ出家しておいてよかったと思うのは普通ではありません。特に私は飽きっぽい人間なのですから、これは不思議以外の何ものでもないわけです。

私はこういうものこそ、仏の御利益なんだと解釈するようになりました。あるいはごほうびといった方がわかり易いでしょうか。

頭を剃るということは、もう自分をこわしてしまって、何もかも捨ててしまって、おまかせしますという表明です。その心の証《あかし》です。

その意味を知ったのは、得度式が終って何ヵ月もたってからでした。中尊寺の一室で頭を剃ってもらっている間じゅう、壁ごしに本堂から節のついたお経がずっと波のうねりのように聞えていました。それは一人の声で、音楽でいえばソロの歌唱のようでした。私はその時、その節のついた歌のように聞えるお経が何なのか知りませんでしたが、後になって、声明《しょうみょう》と呼ばれる節のついたお経で、特にその時のソロは、比叡山の声明の名手の高僧が中尊寺まで出むいて下さり、私のためにあげて下さったということを知りました。そしてその時の声明は、「毀形唄《きぎょうばい》」という題のもので、剃髪する時にあげるお経だと教えられました。毀形とは何という恐しい文字でしょうか。私はその字を自分で書いてみて、改めて全身がぞくりとしました。

剃髪のことを「落飾《らくしょく》」などともいう美しい日本語があります。そんな言葉にうっとりしていた私は、毀形という文字を見つめているうち、何かで頭をなぐられたような気がしました。頭を剃るということは、決して髪の毛をなくすということではなかったのです。今ある形を毀《こぼ》つこと、つまり、貌を破壊することだったのです。これまでの自分をめちゃめちゃに叩き壊すことを意味していたのです。

毀形唄は、ゆるやかなしらべの中に力強さと、哀愁がありました。

本堂で私の剃髪の終るのを待っていてくれた親しい人たちは、それを聞いているうちに、自然に心がなだめられ、私の出家を、やはり仕方のないもの、こういう運命にはじめから定められていたものと、納得し、あきらめる心境になっていたといいます。もちろんその人たちも、今聞いている声明が、そんな恐しい題のお経だとは夢にも知らなかったのです。今だっておそらく知らないでしょう。

話がそれてしまいました。

そんな次第で、自分の形を毀して、全身を仏に投げだした私の決意を仏さまが認めて下さって、私の出家をつづけさせてくださったという感じがするのです。私は戒律ひとつもなかなか守れない破戒坊主なのに、そんな私をも仏さまは許して下さっているというところに、私の信仰が根づいていったのです。

お経の中にはお釈迦さまや、その弟子たちが神通力がある話がよく出てきますが、お釈迦さまは、神通力をよほどのことがないと使われませんでしたし、あんまりそんなものを見せるのは好まれませんでした。

なくなる時も、神通力は用いず自然死にまかされています。

愛と同じで祈りもまた報酬を需めるのは外道かと思います。何々してほしいから祈るとか、何々の功徳がほしいから信ずるというのでは真の祈りにも信にもならないのです。ひたすらに、身を投げだして帰依する時、自然に心の安らぎが得られ、落つきが生れ、持って生れた智慧も充分に働いて、自分の行くべき道が見え、取るべき行為がわかり、迷いから脱却して朗らかになるのではないでしょうか。それが信の功徳ではないかと思います。ただ努力もしないで、神頼み、仏頼みばかりして、試験に落ちたと腹をたててもはじまりません。その時だけ、お賽銭を弾んでも、願いがかなう筈はないのです。

寂庵へはよく、様々な霊感があると自称する人が訪れてきます。死人の霊を呼び出せるといって来た人は、ロングドレスに金のネックレスやブレスレットを幾重にも巻き、濃い化粧をしていました。幾人もの有名人の名をあげ、みんな自分の信者だといいます。私にも霊感があるだろうというのです。私はおよそ、そういうものはないと否定しました。私は彼女に霊感があるとも思えないので、いい加減にあしらっていたら、彼女は苛立って、ここで死霊を呼んでみせるというのです。戦時中、シベリヤで戦死した父を持つうちの秘書さんが霊媒を受ける人に選ばれました。

霊媒師は、秘書に正座させ、やおら歌を歌いはじめました。のりとのような、讃美歌のような変な歌で、私は吹きだしたいのをこらえて下をむいていました。

それからしばらく何やら祈っていましたが、そのうち、彼女は、

「あなたのお父さんは南方の波の下にあえいでいる」

というのです。戦死したとだけいって、シベリヤに行ったことは話してなかったのです。

「出てこようとしているが波があらくて、苦しがってなかなかあらわれない」

といいます。そのうち、

「あ、出てきた、声が聞えるでしょう。あなたを呼んでいますよ」

ところが秘書さんはうつむいて、うんともすんともいわず、肩をぶるぶる震わせはじめました。私は、おや、本当に霊が出て来たのかと思いました。ところが霊媒師は声を低くして、

「苦労をかけたなあ、おかあさんも戦争未亡人で耐えて女手ひとつでお前たち兄弟を育てて大変だった」

というのです。秘書さんのおかあさんは、終戦後二年めに再婚していて、子供は、彼女ひとりで、姉妹はみんな二度めのお父さんの子たちです。再婚の相手は実業家でおかあさんは経済的な苦労はしていません。

「ちがう人のようですよ」

私はたまりかねていいました。

「どうもここはお墓に近いから、色んな霊が来て困る」

と霊媒師はいいました。とうとう秘書さんはその場から逃げだしました。後で聞くと、あんまり歌がおかしいので笑いをこらえるあまり肩が震えていたというのです。

一年ほど後、新聞で、その女の人が詐欺でつかまったということが出ていました。

霊感で仏の声だといい、土地を買わせたり、売らせたりして、お金をみんな着服していたというのです。詐欺師も悪いけれどかかる方も賢明とはいえません。

またひとりの女の人は、何とか教に入ってその人についている霊を呼びだす術を習ったといって来ました。一週間ほどの講習でその術を覚えて、次に逢う人毎に霊を呼びだしていたら、ある時霊が帰らなくなって困って、本部に電話したところ、霊をもてあそんだ罰だから、勝手に始末しろといわれてほとほと困って、それっきりもうその教会から出てしまったというのです。そんな簡単に霊が呼ばれたり帰ったりしてはたまりません。その方法を聞いてみると催眠術の一種だと思いました。

正しい宗教には、決して、そんな怪しげな奇蹟や、霊験はないと、私は思います。けれども本当に修行をつんだ尊い人には、自ら、人間の限界以上の能力が開発されて、時に応じてそれがあらわれ、奇蹟のような現象もおこり得るだろうとは、私も信じます。ただそんな人は、何世紀に一人くらいしかあらわれないのではないでしょうか。

少しくらい信心したからといって、すぐお加持の能力がついたなど早合点するのは危険ですし、そういうものに頼って病気を治そうとするのも危険です。

二千六百年前のお釈迦さんの時代でも、もし抗生物質の薬があって、お釈迦さんがおのみになったら、茸の中毒からおこった悪性の下痢も、即座に治ったかもしれないと思います。薬のなかった時代に、人はもっと自分の中に自然治癒力が生きていて、たいていの病気やけがは、自分の力で治せたようです。文明の発達につれて、病気の種類も多くなり、複雑になって、直り難くなりました。それでも、病気にかかれば先ず医者の診断を受け、適当な薬をもらい、その後で神や仏に静かに祈り精神を落ちつけ、病気に対するのがいいに決っています。病気の治療にはもちろん、精神力も馬鹿にはなりません。気力の衰えが、病気を悪くも重くもする例は周囲にいくらでも見られます。けれどもはじめから医学や科学に背を向けて、神仏の御加護ばかりをあてにするのは誤りでしょう。

医者にもかけ、薬も用いた上で、神仏に祈りすがるのは、愛する人の命を少しでも長びかせ、病苦から救いたいという人々の自然の情だと思います。その祈りの心のやさしさや熱さを病人が感じて、力づけられ、衰えた気力をもり返すという奇蹟はおこり得ると思います。

加持というのは、仏の神秘的な呪術力が、衆生の信心に応じて、不可思議な大悲の力となって、衆生を加護することをいいます。

密教では特に、決められた儀式の作法にのっとって仏に祈り、仏力を信者に受けさせるということから、祈禱そのものを加持ともいうし、加持祈禱ということばがひとつになって使われています。

私はチベットのラサへ行った時、加持で大変なめにあったことがあります。チベットはもともとダライラマという活仏をいただいた政教一致の長い歴史のある仏教国でしたが、中国が治めるようになってから、ダライラマや、その一行はインドへ亡命してしまい、残ったラマ僧たちは、布教活動を止められています。ダライラマがいた当時のお寺はそのまま残っているのですが、僧侶はお掃除をしてそこを守っているだけなので、一切の仏教行事はなく、ただ人々が勝手にお寺詣りをして、昔ながらの大地に体を打ちつける五体投地礼を一日中くりかえしたり、お寺の縁の柱の下をぐるぐるお経をとなえながら行道したりしているのです。田舎からは毎日、幾組かの巡礼の団体がラサをめざしてやってきます。長い仏教的習慣が一朝一夕で人々の生活から拭いきれないことをそれ等は示しています。

ラサにはダライラマの住んでいたポタラ宮というすばらしい宮殿があるのですが、ポタラとはポータラカの意味で、ポータラカとは梵語で、補陀落と漢字で音訳していますす。インドの南海岸にある観世音菩薩の住する山といわれています。それから、中国やチベット、日本では観音の応現の地をそう呼ぶようになりました。つまり、ラサは、チベットの観音浄土だというわけです。長い間、そう信じこまされ、代々観音信仰で祖先まつりをしてきたチベットの人々は、突然、信仰の中心だったダライラマに見捨てられて、途方にくれているようでした。

私たちは、ラサについて、その日、町へ見物に出かけました。旅行中は、ジーパンをはいて、Tシャツやアノラックという姿でいるのですが、ラサは仏教の聖地だし、お寺へお参りもすることだからと、私は黄色いナイロンの法衣を着て、正装して出かけました。するとラサの中心街の広場で、あっというまに私は十重二十重の群衆にとり囲まれてしまったのです。子供から、七十、八十に見える老人まで男も女もさま〴〵な人々が、何かわからないことを叫びながら、じりじり私に迫ってきます。中にはだらりと舌をだして、頭を牛のように突き出してくる人もいるのです。それは不気味な光景というより、恐怖を呼ぶ異様な光景でした。私は逃げだすにも逃げだせず、ほとんど半泣きになってしまいました。何だか袖がつっぱるので見ると、一人の老婆が私の衣の袖をひっぱって、しきりに自分の顔を撫でています。チベットの人は風呂に入らない上、顔にも髪にもヤクの脂を塗りつけているので、垢《あか》と脂でテカ〴〵して真黒です。それに臭いのです。半泣きになつて、私は「扶けて」

と、仲間に声をかけました。私と一緒に歩いていた仲間は人の輪の外にへだてられ、私の突然の危難を何だかおかしそうに見ています。その中のチベット語のわかる一人が、

「瀬戸内さん、お加持、お加持、彼等はお加持をして下さいと頼んでるんですよ」

と叫びました。そして手首を宙にあげて振る真似をします。私もようやく納得しました。けれども私の比叡山の修行など、わずか六十日で、とても私にお加持をする呪力などあるわけはありません。でも彼等は、私の姿を見て、どうやら観音様が来たと早合点しているようなのです。私はもうこの囲みを破って逃れることだけを考えて、手の数珠を握り直し、一番手近な人の頭と肩に、

「ナムカンゼオン、ナムカンゼオン」

といいながら、振りあてました。すると、わあっと、どよめきが人の輪に伝わり、いっそう彼等は舌を出して私の方へ攻めよせてくるのです。チベットでは高貴の人の前に出る礼は舌を出すというのをやっと思いだしました。私は興奮して我勝ちにと迫ってくる人々の頭上で、半泣きになって、数珠を振りつづけていました。

私の衣の袖は四方からひっぱられて、半分ちぎれかかっています。

ようやく、ほんのわずかなすき間を発見して私はぱっと走り出し、待っていたバス

の中に飛び乗りました。人々はだあっとなだれのように私の後を追っかけてきて、バスの窓硝子を割れんばかりに叩くのです。

あんな恐しいことはありませんでした。長い間、お坊さんのお加持を受けていない人たちは、あんなにもそれに憧れているのです。

私はあの時、もし私に本当に仏力を迎える加持力があれば、あの必死に需める人々に対し、仏力は必ず感応するのではないかと思ったことです。残念乍ら、私にその力がないので、あの人たちには気の毒でした。けれどもその時、私の加持を受けた人々は、受けなかった人々に羨《うらや》ましがられ、翌日は口コミで伝ったその噂のため、ラサの町には私を待ち受けている人の波でした。私はその日はもうジーパンに帽子をまぶかにかぶり、サングラスをかけて変装していきましたので、難をのがれましたが、私の替りに、ハワイのムームーを着て、首かざりや腕輪をいっぱいつけていたお菓子やさんの奥さんが包囲されてしまいました。その人の姿の方がずっと絵にある観音様に似ていたからです。

それでも、それから何年かたって、私は本当に加持力のある人のお加持の力を身に体得する機会に恵まれました。

# 老いについて

一

今、日本では老人の数が年々増加しています。いくつから人は老人と決めるのでしょうか。定年制は五十五歳とか六十歳とかいわれていますが、五十代や六十代の人を見れば、現在はみんな若くて、とても年寄りなんていうことばが似合いません。

既に私は今年六十二歳で、還暦を過ぎましたが、人からそういわれてびっくりしてしまいました。還暦といえば子供に還るのだといって、赤いチャンチャンコなどを昔はお祝いに贈ったものです。いかにもおじいさん、おばあさんという感じでした。

私は、自分がおばあさんなどと、一度だって意識したことがありません。不思議なほど気持は若いのです。じっと自分の心の中をのぞくと、十代や二十代とあまりちがわないことにギョッとしてしまいます。

けれどもこれは私ひとりでしょうか。おそらく、誰だって本当のことをいえば、子供の心も、若者の心もそのまま、残しているのではないでしょうか。老人ホームでよく、心中事件とか、恋愛のもつれの刃傷沙汰などが起こって、週刊誌のネタになったりしていますが、あれは、老人といわれる年になっても、人の心は若者と同じように異性に対する興味もあれば、愛欲もあるのだという証拠だと思います。

人間の不幸は心はいっこうに変わっていないのに、心を包む外形は確実に老化していくという矛盾にあるのではないでしょうか。

人間は、自分では年をとったとか、老いたとか決して思いません。そう思わせられるのは他人の目や口からです。

「お老《ふ》けになりましたね」

とか、

「おやせになりましたね、どこかお悪かったのですか」

とか、

「お顔の色がよくありませんね、お疲れがすぎていませんか」

たいてい同情や、親切から口にされるこれらの言葉を聞いて、老いを認めない老人はみんな確実に不愉快になってしまいます。

——私は疲れてなんかいませんよ。今朝だってごはんを三杯も食べたんだから——

とか、

——ほっといて下さい。顔色が悪いだって？　この部屋の蛍光燈のせいよ、何さ、あんたの口紅だって、くさった苺《いちご》みたいに紫色じゃないか——

とか、内心毒づいているものです。でなければ、気の弱い老人は、あっ、そんなに自分は人の目に老人くさくなっているのかと、愕然《がくぜん》として、すっかり気を落としてしまうかです。

八十歳の人に向かっても、それより若い人は老人扱いしない方がいいのではないかと私はこのごろ考えることがあります。

私は仕事の関係上、さまざまな老人とおつきあいがありますが、いわゆる老人ボケのはじまるのは七十すぎから八十代の人に多いようです。いっそ九十まで長生きした人の頭は、実にはっきりしてどなたもボケなどおよそよせつけていないという事実をたくさん見てきました。

七十代、八十代の人でも、現役で仕事をしている人の方がうんと若く、ボケない実例もたくさん見ています。

私のつきあう範囲は仕事柄、物を書く仕事の人が多いのですが、こういう人はどちらかといえば書斎の虫で、運動不足で、大酒のみで、夜ふかしでと、健康によくないことばかりしている生活ですが、だからといって、そのため、その人たちが、普通の暮しのサラリーマンや官吏を定年退職して暮している人々より不健康で短命とはいいきれないようです。

文壇の長命者としては、筆頭に女性の野上弥生子先生でしょう。野上先生は明治十八年五月のお生まれですから、何と百歳です。

今もお元気で、現役でお仕事をしていらっしゃいます。九十歳すぎて目の手術をなさって、もっと本が読みたいからとおっしゃったのにはもう感嘆の外ありませんでした。そしてその後もたくさん読書をなさり、書きつづけていらっしゃるのです。男性では、私は身辺に里見弴先生と荒畑寒村先生のすばらしい老年ぶりを見させていただきました。里見先生は九十四歳でなくなりましたが、九十三歳の時数時間も対談させていただきました。記憶力は愕《おどろ》くほど鮮明で、全くこちらがたじたじとなるほどでした。お足が少し弱っていられましたが、九十一歳頃までは京都へも気軽にいらっしゃってお元気そのものでした。

お話の新鮮さ、お考えの若々しさには、とても九十四歳の方などという感じはありませんでした。親身にお世話する人がついていらっしゃいましたが、出来ることはつとめてご自分でしていらっしゃいました。召しあがるものも、フランス料理から日本料理まで若い人のように何でも美味しいと召しあがられるのでした。

今一番何をなさりたいですかと問えば、

「小説が書きたい」

というお返事が即座にかえってきました。何という素晴しい九十代でしょうか。

また野上先生も、一年の大方を北軽井沢の別荘にひとりで住まわれて、読書と執筆に明けくれていらっしゃいます。もちろん、お掃除やお洗濯に来る近所の人はいるようですが、東京のご家族から離れ、あえてひとりの山荘生活を選ばれる先生の精神の強さに感動せずにはいられません。

荒畑寒村先生も、日本の社会主義運動の草わけの方でしたが、里見先生より一歳年長で、昭和五十六年三月九十三歳で亡くなられるまで、それはお元気で、精神は若々しく、およそボケなどみじんもありませんでした。

おっしゃることは若々しく未来を見つめていて、いつまでも好奇心を失わない方でした。

三人の奥さまに先だたれ、ひとりアパート暮しをしていらっしゃいましたが、いつでも若い人がつめかけていて、この人生の素晴しい先達の教えを受けていました。九十歳の時、スイスのアルプスへ登られて世間をびっくりさせました。なくなる直前まで執筆活動を止められませんでした。

また、つい先日、私は宇野千代女史に逢って対談しました。宇野千代女史は明治三十年十一月生まれですから、今年で満八十八歳です。お訪ねして愕きました。青山の宇野ハイツという三階建てのマンションの三階を住まいにしていられて、しかもそのマンションにはエレベーターがないのです。階段をトコトコ上り下りされているのでした。ご自分が建てられたビルなので、ご自分の意志でエレベーターをつけなかったのだと思われます。

宇野さんは美しくお化粧して、華やかに和服を着こなし、六十代といっても不思議でなく、四十代のお色気さえありました。

もちろん、現役で執筆していらっしゃいますし、宇野千代デザインの着物もつくっていられます。那須と、郷里の岩国にお家があり、三つの家をまめに往復していらっしゃいます。死ぬまで小説を書くとはっきりとおっしゃいました。

「健康は努力しなければ保てない。菜食を主にして、一日に一万歩歩いて、いやなことはすぐ忘れてくよくよしないようにするのが、秘訣だ」

とおっしゃいました。

八十八歳のお誕生日には振袖を三つつくってお色直しするのよと、婉然と笑っていらっしゃいます。八十歳をこえてから、そのお仕事ぶりは目がさめるように活発になられ次々すばらしい作品を産みだされています。

すでに故人となった市川房枝女史も、八十七歳で亡くなるまで、実に力いっぱいに政治家としての活躍をつづけていらっしゃいました。私は、徳島のラジオ商殺しの富士茂子さんの冤罪《えんざい》のことで市川先生とずっとご一緒に闘ってきましたので、亡くなるまでの先生の誠実で純粋な政治家としての面を、目の当たりにしていました。本当に素晴しい人生でした。

私は幸いにもこういう素晴しい老人たちとおつきあいしていますので、六十二歳の自分など、ほんのチンピラだという思いがぬけないのです。

若い人とつきあうことが若さを保つ秘訣だとよくいわれますが、それは全く常識的なことで、むしろ、私はすぐれた老人とつきあうことの方が、発奮させられ、元気づけられ、若くなって、老いこまないのではないかと思います。

## 二

日本は、今や、高齢化社会になって、現在生産人口七人で老人一人を養っているそうです。二〇二〇年には、二・五人で一人を養うことになるのだそうです。人は老人になってもなかなか死ねなくなりました。ポックリ病死を願うポックリ寺に詣《まい》る人が多くなっているのもそのためでしょう。医学の発達は人工長命という不思議な現象を生みました。

福祉と長寿の国スウェーデンは、世界の憧れの的でしたが、今や税率五〇パーセントにものぼる高負担になってネをあげているといいます。

文明の進歩と医学の発達で、「衰弱しても死ねない老人」が人口の大部分を占めるようになっているとは吉田寿三郎博士の説です。博士は日本もそのご多分にもれず、今やその時代が来て、その結果、老人問題で悩むのは、当の老人以上に、現在の中年から若い人の肩にかかっていると指摘されています。

病気は医薬で人工長命にひきのばされ、長寿はずいぶん保たれてきたところで、人間の肉体が年と共に老衰化しているという原理は防ぐことができないのです。

私が先にあげた素晴しい老人たちにしても、精神の若々しさと肉体のそれとは一致していません。病いは気からというように、その人たちはすぐれた精神で、人並みよりは老化が遅れているものの、やはり、九十歳の体力は、六十代のそれのようではありませんでした。

年をとれば、どうしたって人間の皮膚はたるみ、しわを増し、しみを生じ、筋肉は落ち、骨はもろくなってきます。髪の毛も少なくなり、白髪になるのは防ぎようがありません。

美人のほまれの高かった人ほど、年をとると、器量が落ちてみえるのは、美人だったという昔のイメージが見る人の目にやきついているからではないでしょうか。

外国に行って公園に行くとよくわかるのですが、社会福祉のゆき届いている国ほど、老人がベンチで何もせずにぼんやりしている姿を見かけます。そしてその人たちの表情は決して幸福そうには見えないのです。

人工長命になり、暮しの心配がなくても、老人は寂しく不幸だとその顔は物語っていました。

釈尊は悟りを開かれた覚者（ブッダ）でした。お経の中には、釈尊が神通力を持ち、どこへでも飛んでゆき、病人を治したり、兜率天《とそつてん》に往来したりするといって、スーパーマンでオカルト的な魔法使いのように書いてあるのもあります。けれども、釈尊のご在世のころの法話や述懐や事件などをそのまま集めて書いた初期のお経には、釈尊が私たちと全く同じ人間であり、人間である以上、病気もされたり、年とって老衰したりしたことが如実に語られています。

釈尊は私たちと同じように、風邪をひかれたり、下痢に悩まされたり、痛風を病んで温泉で治療したりされるのです。私たちと同じ人間の釈尊は、私たちと同じように年齢を重ねるにつれ、老い疲れていくのです。何というなつかしい話ではありませんか。私は釈尊が絶対神で、はるか天の方にいまして、私どもとは全くちがった全知全能の神ではなく、同じ人間で、その人間が人間であることに悩み苦しみ、そのため、出家され、苦しい修行の果てに、悟りを開かれたということに感動するのです。だからこそ、私は釈尊に帰依したのです。私のような者でも、釈尊の教えに耳を傾け、教えを守り、戒を守れば、少しでも釈尊に近づけるという可能性を与えて下さったからなのです。

釈尊が故郷のカピラバットゥへ帰られた時のことでした。二十九歳のとき、カピラバットゥのお城から蒸発して以来、悟りを開かれて、方々の国へ遊行するようになるまで、釈尊は故国へ帰っていませんでした。

たまたま、その時、シャカ族の人々は、カピラバットゥに新しい会堂を建て落成したので、その会堂開きに、釈尊に最初に入場していただこうとお願いしました。今なら、さしずめ落成式のテープカットを引き受け、記念講演をして下さいというところでしょう。釈尊は快くそれを引き受け、そのお祝いの席で、おそくまで人々のために法話をされました。教え、導き、励まし、人々を感動させ、喜ばした後で、釈尊はいつでも従っている侍者のアーナンダを呼んで、

「まだ人々が話を聞きたがり、道を求めるなら、アーナンダよ、お前が私に代わって法話をしてやっておくれ。私は背中が痛い。しばらく横になりたい」

そういわれて、釈尊は大衣を四つに折って敷き、横になられたというのです。

「背中が痛い」と、まるで私たちと同じようなことをいわれる釈尊は、何というなつかしい方でしょうか。もうこのころの釈尊は若くはないのです。

また釈尊がすでに八十を越えられたある日のことです。コーサラ国の祇園精舎《ぎおんしょうじゃ》で釈尊は休んでおられました。アーナンダが近づき、いつものように釈尊の足をさすりはじめました。そしてその足に口づけして、今さらのように驚いていいました。

「世尊よ、どうしたのでしょう。まるで以前とはちがって、お軀《からだ》がしわだらけになり、お力もぬけているように見えます」

「今日お前は気がついて驚いているが、私はもう八十なのだよ。昔の若いときとちがって、当然、肉体はおとろえるものだ。皮もたるもう、しわもよろう、肉もおちよう。それが老いというものだ」

そんな会話の中で、釈尊は、今は若くて美しいアーナンダもまた、いつかは自分と同じように老いるのだということを教えています。人間ならば老いはさけ難く、死もまたさけ難い宿命なのです。

その日、釈尊はコーサラ国の王に食事の供養を受けました。国王もその日、釈尊の衰えに気づいて思わずたずねました。

「世尊よ、私はもろもろの仏陀《ブッダ》というものは身体は金剛石のように堅固で、少しも年齢や、病気によって左右されることがないと、かねがね聞いております。しかし今日お見受けしたところ、何だかおやつれのように見えます。やはり世尊でも老病死というような自然の移り変わりに支配されるのでしょうか」

「もろもろの仏も人から生まれています。わたしも父はスッドーダナ王、母はマーヤという両親から生まれた人間です。シャカ族のクシャトリヤ（武官）でした。人間である以上、老いや死は苦しくても、すべて平等に誰にでも訪れるものです。ブッダといえどもまぬがれません」

と釈尊は答えています。そしてまた、最後の遊行の旅では、かじ屋のチュンダの供養したきのこに当たって赤痢のような病気になり、はげしい下痢をしてそれがもとで死んでしまわれるのです。こうした釈尊の一生こそ、身をもって、人間は老いるもの、そして死すべきものということを教えられているように思われます。この最後の旅の途中、ベーサリーを離れてある村でアーナンダと二人で夏安居《げあんご》に入っていたとき、釈尊は病気になって、からだじゅうが痛まれた。アーナンダが心配しておろおろするのを見て、釈尊はいわれました。

「アーナンダよ、わたしも、すでに年をとってしまったよ。もう八十になってしまった。古い車がいつも手をかけ通しで修繕してやっと動いているように、私の軀もその通りでもうがたがたに使い古してしまった。いろいろ自分で手当てをしてやっとつくろって、ここまで持ってきたようなものだ。自分で努力して養生して、この苦しさに耐えているのだよ」

なんという人間的なことばでしょう。それなのに、釈尊はその老体をさげて、まだ最後の旅をつづけ、一人でも多くの人々を救おうとされたのです。

釈尊は人間が老いるもの、病むものという苦を背負っていることを認めていられたのです。

「この地上におよそ、どのような功徳になることがあるといっても、病人の面倒を見ることほどすぐれたものはない。なんとも抵抗しがたいほどの病苦とたたかっている病人に、些少《さしょう》なりとも看護をすることは何にたとえようもない人生の尊い光景だ」と教えていられますし、ご自分で自分の弟子の僧の看病をされています。

また一方では、しきりに父母に対する孝養を説いています。

「母または父が老いて朽《く》ち衰えているのを養わないで、みずからは豊かに暮す人——これは破滅への門である」

このころから、老齢で無力になった父を四人の子が捨てた話が伝えられています。人間の心の無明の闇は、昔も今も大して変わっていないようです。寝たきり老人や、ボケてしまった老人をかかえた家族の苦労が問題になっています。京都では「呆け老人をかかえる家族の会」というのが結成され、全国にひろまっていると聞きます。『ボケとつき合う』という本を書かれた早川一光医師《せんせい》は、老いは、やがてわが来る道と思って、どんなに判断力がおちた老人でも「りっぱに生き抜いてきた素晴しい人間」として再認識する「人間回復」の運動をするのがこの会であり、人間として当然な道だとして、家でひきとり、たがいに人を許容する「ゆるしの看護」をしなければならないと説いていられます。

子供があっても子供に見捨てられる「楢山節考《ならやまぶしこう》」は、今も生きている話なのです。自分が必ず老いる日を考えて、せめて気力が体力より早く衰えないよう生きたいものです。

# 愛について

# 一

人間の悩みの中で何が苦しいといって、愛の悩みほど苦しいものはないのではないかと思われます。私が小説家であり、尼僧であるため、よく未知の人からお手紙をもらいますが、そのほとんどが苦しい愛の悩みの訴えです。

夫が愛人をつくって帰らないとか、愛人が自分の親友に心を移したとか、お産で手伝いに来てくれた妹と夫が通じたとか、夫があるのに愛人が出来たとか、その愛人の心が他へ移っていくようで苦しいとか、あるいは、どうしても男の人を愛せないで同性愛だけれど、その相手に男の恋人が出来て悩んでいるとか、愛のかたちは様々であっても、愛の悩みの深さは底知れず、その苦しさは同じだとつくづくため息が出てしまいます。

釈尊は人間のこうした愛を渇愛《かつあい》と呼ばれました。咽喉《のど》が乾いてたまらなく水がほしいような感じを思い出して下さい。人間がいくら飲んでも飲んでも飲みたりないように心が乾いてうるおしてほしいのが渇愛です。何という愛の本質をついたことばでしょう。でもこの愛は、男女の愛、肉欲の愛をさしていいます。親が子を愛するような、神仏が衆生を愛するような愛は渇愛とはいわず、慈悲といいます。伝教大師のおことばにも「己《おのれ》を忘れ他を利するは慈悲の極《きわ》みなり」というのがあります。

キリスト教でも、愛をエロスの愛とアガペの愛にわけています。エロスは人間の肉的な愛でアガペは神が罪人である人間に対して自己を犠牲にして救う憐みの愛ですから、仏教の仏の慈悲と同じ性質のものでしょう。

神や仏の愛は、己を犠牲にしても相手を救い、決して愛の報酬とか見返りを求めようとはしません。惜しみなく与えて悔いないのが、慈悲やアガペです。

人間の愛はちがいます。人間は愛した相手が自分と同じ分量か、より多くの愛を返してくれないと、苦しみ、悩みます。

自分が相手を一途に見つめるように、相手も自分ひとりを見つめてくれないと不満でなりません。相手の心が自分以外の他の者に分けられることは厭《いや》なのです。自分ひとりが独占しているという証を常に示してもらわないと落ち着きません。

そのために人は人を愛したとたん、不安と嫉妬《しっと》に苦しめられます。愛は喜びであるはずなのに、喜びよりも苦しみの分量がずっと多いのです。相手の態度や顔色や言葉に一喜一憂してはらはらせずにはいられません。常に心は不安な状態におかれます。

釈尊も悟りを開かれる前に、

「わたしは、悟りに達する前にも、愛欲は楽しみが少なく、苦しみが多く、悩みが激しく、禍《わざわい》のはなはだしいものであることを実際に知っていた。けれども愛欲以外には、悪業の楽しみや喜びを知らなかったし、それ以外の善いこともよく知らなかったので、その間わたしは愛欲だけを追い求めていた」

と回想されています。釈尊にはヤソーダラーをはじめ三人の妃《きさき》がいたと伝えられています。そして宮殿には美しい若い女たちがいつでも釈尊に仕え、触れなば落ちん風情で待っているのでした。若い釈尊は当然、快楽の欲望をがまんなどしませんでした。自分でも若き日はあらゆる肉の快楽におぼれきったと語っていました。つまり釈尊は悟りを開かれる以前には、人間の凡下《ぼんげ》の衆生よりずっと激しい愛欲の淵に沈みおぼれていたのです。その愛欲から逃れ得た釈尊は、衆生たちに、はじめから苦しい愛欲に捕われないようにと導いて下さったのです。

けれども私たち凡下の衆生は、そんな大きな釈尊の教えの中に包まれていても、やはり愛欲の快楽の魅力から逃がれることが出来ず、身も心も焼き尽くすような苦しい愛欲に性こりもなくおちいってしまうのでした。

釈尊は私たちを救おうとして、四諦《したい》、八正道《はっしょうどう》の仏教の道を教えて下さったのです。苦《く》、集《しゅう》、滅《めつ》、道《どう》というのが四諦です。人生の真理です。つまり人生は苦なりという認識をまず知ること、見つめることでしょう。生《しょう》、老《ろう》、病《びょう》、死《し》という苦しみは人間が生まれた時から与えられている苦しみです。さらに愛する者と別れる苦しみ、厭な者と会う苦しみ、欲しい物が手に入らない苦しみ、人間の存在そのものの苦しみもまた、人生の苦です。

集とはこれらの苦しみの起きる原因の集まったものです。つまり苦の原因は欲望でその中でも最も激しくぬき難いものが男女の愛、渇愛なのです。肉欲を伴った愛、煩《ぼん》悩《のう》なのです。

滅は、これらの欲望や煩悩を絶滅させ、苦悩から脱出する手段のことです。苦悩を滅し、苦悩から脱出すれば、どんなに心が平安で幸福になれるでしょう。朝も晩も嫉妬に狂い欲求不満に苦しみ、いらいらしている人間は、顔色も悪く目つきも険悪になり、食欲さえ失われ、やつれてきます。そんな苦から逃れたいと思うのも人情でしょう。

道とは、苦の滅へ至る実践倫理の道で、それを八正道だと釈尊は教えて下さいます。つまり釈尊は、人生は苦であるという真理から目をそらさず、それを見つめ、逃避したり、絶望したりせず、苦を滅し、克服してしまうために、正しく生きる努力をして、解脱《げだつ》せよといわれるのです。

二

きっと、釈尊は二十九歳で出家されるまでに、うんと愛欲のことで悩まれた深い経験がおありだったのでしょう。私はお経を読む時、よく、釈尊のあまりな男尊女卑に不思議な気持を抱くことがありました。仏教は最初女のことは考えてくれていなかったのです。釈尊の育ての母で叔母であるマハーパジャパティーが、スッドーダナ王が死んだ後で出家を思いたちました。釈尊の妃や侍女たちもマハーパジャパティーについていっしょに出家を決意しました。そこで釈尊に許してくれるよう願い出たのですが釈尊は相手にしてくれません。三度頼んでもだめでした。釈尊はその時ヴァイシャリーにいました。女たちは自分たちで髪を剃《そ》ってしまい、袈裟《けさ》をつけ出家した姿になって、ヴァイシャリーへ向かいました。はだしで長い道を歩くうち、足は腫《は》れ、血を流し、身体は埃《ほこり》と垢にまみれました。

そうしてたどりついても、釈尊は相変わらずがんとして女の出家を認めてくれません。

マハーパジャパティーは釈尊の侍者のアーナンダにすがりました。アーナンダはあまりに気の毒な女たちの姿を見て、釈尊にとりなしました。釈尊の機嫌のいい時をみはからって、

「もし、女性が如来の教えに従い戒律を守って出家したとすると、悟りに達せられましょうか」

と聞きました。釈尊は、

「もちろん、戒律を守れば女性といえども悟りに達することが出来よう」

そこですかさずアーナンダがいいました。

「そうですか、ではマハーパジャパティーは、釈尊の叔母さんで義理の育ての母ですから、どうか出家を認めてあげて下さい」

釈尊はことばにつまってしまい、不承不承、女たちの出家を許さなくてはなりませんでした。それでもいろんな条件をつけた上でした。アーナンダにしてやられたと思

ったのでしょうか。釈尊はこの時、未練らしく、

「ああ、ああ、これで、仏法は五百年早く滅亡するだろう」

とぐちをいわれました。

釈尊はある時、アーナンダにいわれました。

「アーナンダよ。女は怒りっぽい。女は嫉妬深い。女はけちだ。女は馬鹿だ。だからこそ女は公開の席に坐れず、職業につけず、職業で一人だち出来ないのだ」

今から二千五百年前のインドの話です。それにしても今のウーマンリブの人たちが聞いたら、憤死しそうな女の悪口ではありませんか。また別の時、

「女のほしがっているものは結局男で、心を奪われているのは、装飾品、化粧品、よりどころにしているのは子供で、ただひたすら夫を独占することで、つまるところは支配権なのだ」

ともいっています。何だか耳の痛い話です。アーナンダはとてもハンサムで、気持のやさしい若者だったので、女の方からみんな夢中になって好かれました。釈尊は弟子たちにきびしく女犯の戒を与えています。

釈尊の弟子のひとりのスディンナが両親のはかりごとにあって、泣きつかれ、妻と媾《ちぎ》ってしまい、子供をつくった時、釈尊は烈火のように怒り、

「僧は絶対肉欲を断たねばならないのだ」

ときびしくとがめました。その時、

「たとい毒蛇の口に男根を入れても、女性の性器に入れてはならない。燃えさかる火の中に男根を入れても、女性の性器に入れてはならない」

とまで叱《しか》っています。

またアーナンダがあんまり女に好かれて困ったのでしょう。釈尊にたずねました。

「女に対してはどのようにしたらいいのでしょう」

「アーナンダよ、見るな」

「でも、つい見てしまったら、どうしましょう」

「アーナンダよ、話すな」

「でも、向こうから話しかけてきたら、どうしましょう」

「仕方がない、つつしんでおれ」

とにかく釈尊は女は度し難い困り者と思っていたのでしょう。ところが、釈尊はこんなにきびしいのは、出家した僧や尼僧に対してだけで、在家の人には、邪淫でないセックスは認めて、子孫を繁栄さすようにとすすめているのです。邪淫でないセックスとは、正式に結婚している夫婦のセックスでしょう。

女は嫌いだけれど、妻という立場の女性には、釈尊はむしろフェミニストぶりを発揮しています。在家の男に対する戒めとして、「自分の妻に満足しないで、遊女と交わったり、他人の妻と交わるのは破滅への入口である」と教え、夫たる者は、

一、妻に対して礼儀正しくせよ

一、妻を侮《あなど》るな

一、浮気をするな

一、権威を与えよ

一、身を飾るものを与えよ

といっています。何とものわかりのいいフェミニストぶりでしょう。妻に権威を与えよというのもいいですが、装飾品、つまり、美しい着物や、アクセサリーを買ってやれというのは、何と粋《いき》なはからいでしょうか。

やはり釈尊は女心の機微に通じていた人だったということが出来ます。

僧の破淫戒に殊《こと》の外《ほか》きびしかった釈尊が、ひとりの尼僧の破淫に対しての裁《さば》きは実に寛大でした。

ウッパラヴァンナーは蓮華色尼《れんげしきに》という中国名で古くから知られている女性です。

彼女はおよそ人生の苦という苦を一身に背負ったような運命をたどりました。

サーヴァッティーの金持の商家に生まれた彼女は、その美しさのゆえに蓮華色と呼ばれるようになりました。

ウッパラヴァンナーは幸福な結婚をして、ウッジェニーで夫と暮していましたが、初産の時、実家へ帰ってお産をしている間に、夫と実母が通じてしまったことを知りました。血のつながった母と娘が一人の男を共有しているなど何という浅ましいことでしょう。夫と母はその後も密通をつづけています。耐えるだけ耐えた後で、娘が七つの時、ついに家を出ました。

ベナレスで行き倒れになりかかっていたウッパラヴァンナーは、一人の男に助けられました。去年妻を亡くしたというその男はベナレスの豪商でした。ウッパラヴァンナーの美しさにひかれてその男は結婚を申しこみました。

幸せな再婚の日々がすぎ、早くも八年の歳月がたちました。夫が商用でウッジェニーへ旅立ちました。ウッジェニーと聞いただけで不吉な予感で身震いが出ます。夫はやはり若い少女のような第二夫人を伴ってかえりました。ウッジェニーの商人の娘だということでした。

ある日、ウッパラヴァンナーはその若い女の髪をとかしてやっている時、髪の中に傷のあるのをみつけました。その女がまぎれもない自分の産んだ娘だったことに気づきました。何という不幸でしょう。血のつながった母と娘が一人の男を共有する不幸を人生で二度も重ねるとは。

ウッパラヴァンナーは釈尊のところに駈けこみました。どうしても尼僧にして下さいと頼みました。夫を盗んだ母を呪《のろ》い、裏切って娘を第二夫人にした夫を怨んでいる自分の悩みや苦しみは釈尊のお説教の通り、すべて渇愛のもたらしたものだとさとりました。

自分の煩悩を断ち、彼らをゆるし、祈ってやる心境になりたい。そういって泣くウッパラヴァンナーを釈尊は尼僧教団に預けました。

彼女はそれ以来きびしい修行に励み、精進ぶりはめざましく、出家して間もないのに、ある日早くも悟りを開きました。悟りを開くとアラハン（聖者）となり、あらゆる煩悩の苦しみから解き放たれるのです。超能力も開発され、神通力第一の尼僧となりました。

ところがさらに試練が待ちうけていたのです。郊外の森でひとりで庵《いおり》を結び、昼は町の人を教化し、夜は瞑想三昧《めいそうざんまい》の日を送っていたウッパラヴァンナーが、ある夜、賊に襲われ、身をけがされてしまったのです。それは全く不可抗力の災害でした。けれども高徳の尼僧が賊に犯されたとなってはいいわけもたちません。教団追放もまぬがれないことです。彼女はいさぎよく事の事実を釈尊にも尼僧たちにも報告して身の処し方をまかせました。

「賊に犯された時、どう感じたか」

釈尊がたずねました。

「ただもう、焼けた鉄で、生きながら体を焼けただれさせられたように感じました」

「そうだろうとも。それでよろしい。お前は戒律を破ったことにならない。災難にあっただけだ。今まで通り修行に励みなさい」

ウッパラヴァンナーは泣いて感激しました。

ところがいつの時代でもこういう事件はすぐ話の種にされます。男僧たちがいちはやくこの事件を聞きこみ、わいわいがやがや噂していました。

「神通第一も怪しいものだぜ。暴漢が近づくのがわからなかったのかね」

「神通で金しばりにかけられそうなものじゃないか」

「やっぱり、よかったのかな。ウッパラヴァンナーだって、まだ女っ気たっぷりだしな」

そこへ釈尊があらわれ叱りつけました。

「下らない話はよしなさい。アラハンになって渇愛を断ち切ってしまうと、煩悩苦から解放されて、何も感じなくなるのだ。愛欲などいくら身に押しつけられても蓮《はす》の葉に露《つゆ》が止まろうとしてもころげ落ちるように、身に染まらないものなのだ。ウッパラヴァンナーは聖者の中の聖者だ。本質的にみじんもけがされていない」

この釈尊の裁きは何という慈悲にみちた、そして粋なはからいでしょうか。

私はこの話が好きです。自分は正しいのに次々耐え難い災難にあうウッパラヴァンナーは、人間の存在苦の代表だと思われます。

人生は苦だということを、彼女の一生ほど示しているものはありません。それでも彼女は生きぬいたのです。渇愛を断ち切ったウッパラヴァンナーの心のすがすがしさが羨ましくてなりません。

三

人間の愛というものは、しょせんは自己愛です。自分の愛を受けいれてほしい。みとめてほしい。報いてほしいという気持の愛です。それは自分主義の愛の押しつけで、本当に相手のことを思っている愛ではないのです。

愛とは相手の欲することを与え、相手の欲しないことを与えないことでしょう。わかりきった簡単なことですが、これがなかなか出来るものではありません。人間は常に他より自己の利益のためにものごとを考えがちです。

自分が嬉しいから、そうすることが好きだから、その人を愛し、その人のために面倒をみたり、プレゼントしたり、尽くしたりするのです。いくら、人が人に尽くしたって、その心の底に報われたいという気持がある以上、それは純粋ではないのです。

けれども裏切られたとか、だまされたとか、ペテンにかけられたとか思うのは、本当の愛ではないのです。無償《むしょう》の愛こそ、真の愛でしょう。無償の愛など人間であるかぎりありうることはないのです。もし、無償の愛を持つことが出来るなら、それはもうその人は仏になっているのでしょう。

恵心僧都《えしんそうず》の念仏法語には、

「妄念《もうねん》はもとより凡夫の地体《じたい》なり。妄念の外《ほか》に別の心もなきなり。臨終のときまでは一向に妄念の凡夫にてあるべきぞと心得て念仏すれば、来迎《らいごう》にあずかりて蓮台にのるときこそ妄念をひるがえしてさとりの心をはなれ」

とあります。われわれ人間は死ぬまで妄念の凡夫だといわれてほっとしてしまいます。

この世にある限り、私たちは、人を愛したつもりで自己愛をなだめたり、だましたりだまされたり、裏切ったり裏切られたりして暮らすのではないでしょうか。夫でも恋人でも親友でも子供でも、時にはもう消えてしまってほしいと心ひそかに怨んだり呪ったりするのでしょう。馬鹿なことだ、もうこりたと思いながら、また時がたてば痛みも忘れてしまって同じような誤りをくり返しているのでしょう。だからこそ、私たち凡夫は毎日仏さまの前で、すべての煩悩の罪を懺悔《ざんげ》せずにはいられないのではないでしょうか。

とても、生きているうちに悟りなど得られないと思っても、あきらめず、自分の苦しさの根は渇愛より生じているのだという反省が出来るなら、もうすでに私たちは目に見えないみ仏の掌《うてな》の上にすくいあげられているのではないでしょうか。

# 怒りについて

# 一

京都のお寺では、節分会にいろいろな行事の行われるところがありますが、中でも庶民的で面白く人気のあるのは、御所の近くにある廬山寺の鬼踊りです。鬼の法楽と呼ばれています。廬山寺は紫式部の生まれたところだともいわれていますが、この鬼踊りの方で有名で、節分には全国から集まってくる見物人で、境内がびっしり埋まってしまいます。

私もこの鬼踊りを見に行ったことがあります。門をくぐると、すぐ、本堂の前庭に舞台がつくられていて、見物はそのまわりに立って見ます。

本堂の内陣で天台の僧侶の修法《ずほう》があり、それが終わると、法螺貝《ほらがい》が吹き鳴らされ、太鼓が勇ましく叩かれ、その音につれて、三匹の鬼が内陣の奥から踊り出て舞台に登場します。鬼は赤、青、黒の三匹で、芝居のお角力さんのように、肉ぶとんをつけて、大きく見せています。虎の皮模様の褌《ふんどし》をつけ、威張っているわりに、何だか縫いぐるみの玩具のようで、こっけいでかわいらしいとさえ感じられます。

赤鬼は剣《つるぎ》と松明《たいまつ》、青鬼は大鉞《おおまさかり》を、黒鬼は大槌《おおつち》を持って、舞台の上をあばれまわります。約束の所作のきまった踊りなのでしょうが、何だか子供が天真爛漫《てんしんらんまん》にあばれまわっているようで、やはりこっけいで、見物はみな笑いながら拍手を送っています。

そこへ追儺《ついな》の導師が登場して、三方《ぼう》から紅白の蓬莱《ほうらい》豆と福餅を投げると、鬼たちは痛そうにそれをよけて舞いながら、こっけいな姿でほうほうの体で逃げこんでしまいます。

青空の下でくりひろげられるその三匹の鬼たちの踊りは始終おおどかで陰気な影はありません。これはこの寺の開祖の元三《がんざん》大師良源が勅願で節分の修法を行っている時、三匹の鬼が邪魔をしに来たので、大師がこれを膺懲《ようちょう》して退治した秘法を伝えているのだといわれています。

この三匹の鬼の赤鬼は貪欲《どんよく》、青鬼は瞋恚《しんに》、黒鬼は愚痴《ぐち》をあらわしているといわれています。貪《とん》、瞋《じん》、痴《ち》は、仏教では三毒といって人間の煩悩を構成する三要素だとされています。貪の中に、物質欲も、愛欲も、権力欲もすべて、人間の欲望がふくまれているのでしょう。瞋は自分の心のままにならぬものを怒り恨むことで、愚痴は、かいないことをいって嘆く愚かさです。正しいことを見きわめられない愚かさ、自分を知ろうとしない愚かさもすべてふくまれているでしょう。

暗愚という語もありますが、愚痴を黒であらわし、欲望を赤であらわしているのは、なかなか気のきいた発想です。それにしても、怒り恨みの心を青であらわしているのも、何という気のきいたアイデアかと、私は三匹の鬼の踊りを見ながら、昔の人の智慧にほとほと感じいりました。青といっても、ブルーではなく緑です。怨み嫉みの心の焔《ほのお》は、たしかに真赤に燃えるものではなく、青くちろちろと燃えくすぶる気味の悪いものにちがいありません。

瞋恚ということばには、かっと怒るというより、陰にこもって、ぐちぐちと恨みっぽい呪《のろ》いと怒りのまざった感じがあります。私の横にいた京都のお年寄りが若い娘に話していました。

「青鬼はやきもちや、やきもちでおこる怨みつらみの気持をあらわしてるんのやで」

庶民はずっと青鬼の瞋恚をそう語り伝えているのでしょう。

私が出家しました時、頭を剃《そ》ってしまってから、戒師の前で仏さまに対し、あらためて、懺悔《ざんげ》をさせられました。

「我昔所造諸悪業《がしやくしよぞうしよあくごう》　皆由無始《かいゆうむし》貪瞋痴《とんじんち》
従身語意《じゆうしんごい》之所生《ししよしよう》　一切我《いっさいが》今皆懺悔《こんかいさんげ》」

というお経です。

「私がこれまでつくってきたあらゆる悪い業は、すべて人間の煩悩の貪、瞋、痴の三毒からおこってきたものです。また自分の肉体や言葉や心がなさしめた悪業です。今、そのすべての自分のおかした悪業の罪を仏さまにすべて懺悔いたします。どうかお許し下さい」

という意味です。

それから、三帰依が授けられます。

「帰依仏、帰依法、帰依僧」という三宝に未来永劫《えいごう》帰依し奉るという誓いです。その後ではじめて戒師から十戒が授けられます。十戒とは出家した者がこれから守らなければならない戒律のことです。

殺してはならないとか、盗んではならないとか、淫欲《いんよく》にふけってはならないとか、嘘をいってはならないとか、いろいろある中に不貪欲戒と、不瞋恚戒が入っています。

瞋りをつつしまなければならないということが、人を殺してはならないというような戒といっしょに並んでいるところに、ある驚きと、なるほどという気持がおきます。

二

人間は自分の思うようにならないと腹が立ちます。一日に朝起きて眠るまでに腹の立つことが一度もなかったとしたら、それはその人が幸福な証拠でしょう。新婚の一週間くらいは人は腹を立てないかもしれません。

こごとをいわれて腹が立つ、美容院で髪がうまくセットしてもらえないでも腹が立つ。

いいつけたことを、きちんと人がやってくれないので腹が立つ。嫁が強情《ごうじょう》で腹が立つ。姑が意地が悪くて腹が立つ。小姑がわがままで、それを姑が怒らないので二重に腹が立つ。商店の店員が無愛想で腹が立つ。猫が魚をとって逃げたので腹が立つ。自動車が新しい服にはねをつけたので腹が立つ。電車で足をふまれて腹が立つ。

腹の立つことは実に無数にわきおこってきます。

朝、新聞を拡げて、にこにこ出来る人がいるでしょうか。政府の無責任なやり方に腹が立つ。国民そっちのけで汚い派閥の競争ばっかりしている政党の醜さに腹が立つ。警察官が買収されるとは何事かと腹が立つ。私憤と公憤がいりまざって、人間は年中腹を立てている動物のようです。

腹を立てると、心臓がどきどきして血液が頭に上がり、血圧の高い人など、そのまま死んでしまうことだってあります。人間の怒った顔はどんな美人だって醜く恐ろしくなります。腹を立てて得なことはひとつもありません。とわかっていて、人は腹を立てずにはいられない困った動物です。

大体、腹を立てやすい人間は、多血質の情熱家に多いようです。

私は一見陽気でいつでも機嫌がよいように見えますが、すごい怒りん坊です。年中、腹を立てて、きりきり怒っています。よく腸《はらわた》が煮えくりかえるといいますが、本当にそんな気持になってかっかと腹を立てます。

たとえば、自分の仕事をいいかげんにする人に腹を立てます。嘘をついて、ごまかそうとする人に腹を立てます。根も葉もないことを言って人を中傷する人に腹を立てます。自分の作品の悪口を書かれると腹を立てます。もっとひどい人格に関するデマを故意にとばされると腹を立てます。

こう並べてくれれば、私が腹を立てるのは当たり前で、怒らない方がどうかしているということばかりです。

私が出家して、ひとりの姉がよく私を叱ります。私が何かに腹を立てて、かんかんにいきまいているのを電話で聞いて、徳島から電話をかけてくるのです。

「あんたが怒るのはわかるけど、がまんしときなさい。だって、あんたはもう出家して尼さんなのよ」

これにはいつもぎゃふんとまいってしまいます。出家者は忍辱《にんにく》の行をつまねばなりません。「瞋恚盛んなるものには忍辱の心を起《おこ》さしめ」とお経にもあるのですから、耐えしのぶことを学ばなければならないのでした。

私は自分が短気で、一本気なものですから怒りっぽいという短所をよくよく承知していて、それがどうしても直りません。でも私は頭をまるめてしまったのですから、直りませんではすまされません。これはどんなことをしても直さなければならないと思いました。それで、私はかっとなってがまんが出来ず怒ってしまった後では、照れくさくても都合が悪くても、自分から相手にあやまることにしました。

怒られた相手はさぞいやだっただろうと思いやれば、年甲斐もなく尼僧でありながらどなったりして恥ずかしいことだと後悔し、あやまってしまうことも出来るのです。

そして結局その方が後はさっぱりして、かえって、相手とも心が通じ、お互いに嫌いだったのが仲よくなるということになった例が多くありました。

しかし中にはもうどうしても許し難いような侮辱《ぶじょく》を受けたり、覚えのない中傷を受けたりしますと、いくら忍辱忍辱と心に叫んでみても、腹が立って相手を徹底的にこっぱみじんにやっつけてやりたい怒りにとりつかれることがあります。私はそんな時、鏡を見ることにしています。その時の自分の顔はまさしく鬼のような顔をしています。怒ると人間は顔が体内の毒素で黒くなるものでしょうか。顔色は黒く、目は吊《つ》り上がり、唇は歪《ゆが》んでいます。われながら見るもおぞましい感じがします。二度と見たくないという形相です。

仏教では顔施《がんせ》ということばがあり、愛語ということばもあり、人に接する時はやさしい表情で対し、やさしい言葉をかけるようにという教えです。それは相手に対する思いやりであり、慈悲の心でしょう。人に対して怒りがわきおこるのは、自分なら決してそうはしないという気持があるのです。そのためその瞬間、相手を見下す気があるし、その無知や破廉恥《はれんち》に対してがまんがならないという気があるのです。この気持の中には思い上がりがあると思います。自分の中にだって、汚い心や、悪い料見は全くないかといえばじくじたるものがあるわけです。

## 三

人を怨むということは実に暗いいやな気持です。相手が自分の思い通りにならない時とか、相手があきらかに自分の誠意や愛情をふみにじり裏切ったとわかった時、誰だって傷つき、のろい、怨みます。

そして人はその怨みをかえすことを思いつき、復讐しようとします。相手に思いしらせてやることによって、自分の受けた傷をなぐさめようとします。

けれども、相手に復讐したところで、受けた傷がもとどおりになるはずはありません。たとえば殺された人間のために殺した人間を復讐して殺したところで、先に殺された人間が生きかえるでしょうか。

仏教には、「怨みをもって怨みを用いるに永久につきることなからん」という教えがあります。昔の仇討ちではありませんが、仇討ちをくりかえしていっても果てしなく仇が生みだされるだけで、殺された誰も成仏出来るわけではないのです。

ではそんな時、どうすればいいのでしょうか。キリストは「もし、だれかがあなたの右の頬を打つなら、ほかの頬をも向けてやりなさい」と教えています。またある仏者は、ひどいめにあわせた相手に感謝して拝めとさとされますが、われわれ凡人にはとうていそこまでへりくだることは出来そうもありません。

私は人間がまだまだ至らないので、侮辱されて腹が立つと、ぽっぽと湯気が立つほど怒りますが、その後で持仏堂にかけこんでひたすら祈ります。祈るといっても心が怨みで猛り狂っている時は、まともな祈りのことばも出てきません。それでお経をあげます。私の帰依している天台宗の所依の経典は法華経なのです。それで私は毎日あげているお経の他に、片っぱしから法華経を大声であげます。そのうち、全く不思議なことに最初はただ口惜しまぎれに字づらだけ追って大声を出していたのが、いつのまにか声が落ちついて、呼吸も楽になっているのです。

そうなると、私は座禅をはじめます。坐ってしまえば心が次第に澄んできます。持仏堂の外の樹々に風の吹きすぎる音や、筧《かけい》の水の音や、小鳥の声などが静かに聞こえてきて、私は深山幽谷《ゆうこく》に坐っているような気になります。

何のために私は逆上し、誰を殺してもやりたいほど怨んでいたのか、忘れてしまいます。

この静けさと平安を破るものは何であれ無視してしまおうという気持になります。

ああそうだ、私は、私のすべてをみ仏にゆだねきっていたのではないか、もしかしたら、このいやなことも、み仏の意志で、何かの教えであるのかもしれない。耐えていたら、み仏がいいようにはからって下さるにちがいない。自分でやきもき、じたばたするのはやめよう。

そんな気持が水のようにひろがってくるのです。そして、私はいつかそういうことも考えるのを忘れて、坐っている愉しさ、有り難さだけの中にしんとひとりいる自分を発見するのです。

私はそんな方法で、十度の怒りは八度に、そして、六度にやがて五度にというように静める工夫をしてきました。まだまだ完全にはいきません。

何度も腹を立てては、後ですみませんとばつの悪いあやまり方をしています。死ぬまでには、誰が私を思いだしてくれても、やさしいあたたかな笑顔と、なごやかな声やことばだけがよみがえってくるような人間になりたいものだと願っています。でもこれは願望だけで終わるかもしれません。

白状しましょう。実はこの原稿を書く前、私は二人の人に電話をかけて、

「あの時、どなってごめんなさい」

とあやまったばかりなのです。相手はきょとんとして、すぐ思い出し、

「ああ、こちらこそ、反省していました。でもまた、何でそんなにご丁寧に」
といってくれました。「怒りについて」書くためのみそぎだとは私もいいかねて、
エヘヘと笑ってしまいました。

# 母と子について

一

歌手の淡谷のり子さんのリサイタルに、舞台で淡谷さんと対談するショーに出演してくれとお話があり、引き受けました。ブルースの女王といわれる淡谷のり子さんと私は、二十年ほど前、はじめて雑誌の対談をして以来大好きになり、ずっと尊敬していたからです。

淡谷さんは今年七十六歳になるそうです。でも一週間に一度は何もしない日を決めて、その日は美容院で全身マッサージをして美容専一につとめるとかで、それは美しいのです。髪を染めなくなってちょいと薄いグレーがかった白髪が白銀の冠のように頭にかぶさっていてすてきでした。

この夜、淡谷さんは黒地に金ラメの模様のドレスと、ピンクに銀ラメの織りこまれたドレスに、ボアのついたピンクのガウンを重ねたのと二つの服で歌われ、劇場は立ち聴きの人もいっぱいという超満員の聴衆を魅了してくれました。私は一部と二部の間に三十分、舞台で淡谷さんと話しました。

その時、私は聴衆が爆笑するような話をしました。二十年前、淡谷さんがはじめて逢った駈《か》け出し小説家の私におっしゃったのです。

「瀬戸内さん、あなたお子さんは？」

「一人、娘を産んでいます。婚家に置いて出ていますけれど」

「あ、そう……でもあなた一人でも産んでおかれてよかったわね。子供はいいものですよ。自分のおなかを痛めた子はほんとにいいものです。亭主は元は他人だし、死ぬまで他人ですよ。でも子供はちがいます。はじめから骨肉で、別れていても血はつながっています」

「ええ……世界のどこかに自分の血と肉と骨をわけ持った子がいると思うのは慰めになります」

「あのね、私が化粧した顔を見ると、近所の小さい子供は怖《こわ》がってわっと泣くんですよ。でもうちの娘はさすがです。ママ、とてもきれいねえといってくれます」

私がその時笑ったように、その夜の聴衆も笑いました。あの淡谷さんのトレードマークの目のお化粧の顔はたしかに見様によっては子供を泣かせる力があります。けれども私は、その淡谷さんの言葉が長く忘れられないのです。今でも時々思い出します。

四つの時に別れたきり、子供を育てない私に、母としての資格は全くありません。それでも、私の娘は、私の血と肉と骨を奪ってこの世に生まれて来たことは否定出来ないのです。

自分が死んでも、娘の中に私の血と肉と骨が残っていると思うことは、たしかに慰めにもなりますが、一方とても恐ろしいことのようにも思われます。いい遺伝と同時に悪い遺伝もまたすべて娘の中には伝わっているはずです。そしてそれは孫へ、またその子たちへと伝わっていくでしょう。何がこの世で不思議といって、何十億という人類の中から、ひとりの男と女がめぐりあって、子供を産むということは、よくよく不思議のことのように思われます。

親の中でも母親と父親では、断然母親の方が子との縁が深いでしょう。なぜなら、母親は十ヵ月自分の胎内に子供を生かしている時の実感が、肉体から感じとれます。悪阻《つわり》の苦しみも、出産時の苦しみも骨身で感じとります。父親の方は、子供を産むことは快楽につながり、快楽の証《あかし》として子供が誕生するのであって、産みの苦しみを肉体で感じとることは出来ません。ですから世の中には、妻が出産で苦労している最中の夫の浮気というのが案外に多いのです。それも父親には産みの苦しみがないからでしょう。

子供の父親を知っているのは母親ばかりという言葉があるのも、こんなところからも察しられます。けれども、子供の本当の父親がわかっているのは、実は母親ではなく、すべてをみそなわすみ仏だけではないでしょうか。

やはり子供はみ仏の授かりもののように思われます。

淡谷さんのリサイタルの終わった時、ひとりの美しい人がドレスの裾《すそ》をひるがえして私と淡谷さんのところに駈けて来て、花束をくれました。

淡谷さんが私に、「この人の願いを聞いてあげて下さい」といわれる顔が真剣なので、私はその人の話に耳を傾けようとしましたら、「ここに書いたものを持ってきましたので読んで下さい」といって小さな包みを渡されました。

夜、ホテルの部屋で私はその包みを開きました。その中からは小さなノートと手紙が出てきました。手紙にはこう書かれていました。

「はじめてのお便りが、こんなお願いではじまるのを申しわけなく思っております。

私は癌《がん》の宣告を受け、三ヵ月前に手術いたしました。私の生命はあと長くて三ヵ月くらいしかないそうです。その間に私は一人息子のNに何をしてやれるでしょう。まだ小学校六年生のNは、私がそんなに早く死ぬことを知りません。病気はすっかり治って退院してきたものと思っています。

思い出しても目まいのしそうなほど悩みましたが、今はどうやら平静になりました。限られた時間をどう生きるかで、今は頭がいっぱいでございます。

まだ思慮も定まらないNを残してこの世を去りますことが心配でなりませんが、それも私の寿命ならと、ようやく運命を受けいれようと思っています。

一日一日が大切できらめくように思います。息子に何か母の言葉を残してやりたいとこのノートをつくりはじめました。先生のご本の中から好きなことばをたくさん引用させていただきました。

せめて先生の直筆で何かお言葉を下さいましたら、どんなに有り難いでしょう。おろかな母の願いをおききとどけ下さいますようお願い申しあげます」

私は愕《おどろ》いてそのノートをあけてみました。たしかに覚えのある私の本の中の文章がいっぱい引用してありました。ところどころに、N少年といっしょの写真がはりつけてあります。最近、最後と思って二人で京都へ行った時のものと注がついています。

たしかにその母親の方はほっそりして、美しいけれど、元気がない。少年の方はころころ肥って快活そうに映っています。

この一見幸福そうな母子が間もなくさけ難い死別を約束されているなど、どうして考えられるでしょうか。

お前の命は何日までだと宣言されて平静でいられる人間がいるだろうか。私はこの婦人にそんなむごい宣告をした医者はまちがっていると思いました。第一、どんな病気を抱えていようと、必ずしも死ぬとはかぎられてはいないのです。

戦争中はろくに医者にもかかれず薬もなかったため、扶《たす》かる命を失った人も多いけれど、半面、病気と気づかず、いつのまにか病気を自分の自然治癒力で治していて、後年、病巣がすっかり固まっているのを発見したという人の例も多かったのです。

私はその人が一人残す子供に、強く生きよとか思いやりのある心を持てとか、正しいことをせよとかこまごま書いているのを見て涙が出ました。

この母の必死の願いが果たして子供の心にまっすぐひびき、この子が母の望むような正しい強い、やさしい大人に育つかどうかわかりません。子供のうちに母に先だたれた少年の未来にどんな苦労が待ち受けているかは誰もわからないのです。おそらく死ぬつもりの母親も半分それを承知していて、けれどもそう書かずにはいられないのでしょう。

この少年の父親のことが手紙やノートでは一切わかりません。あるいは父親のない少年かとも想像されます。だからなおのこと想いが残るのではないでしょうか。

私はホテルの部屋で色々な想いに捕《とら》われました。つい先月にはやはりこの部屋で、私は母と子の問題について考えこんでいました。

太宰治の愛人で「斜陽」のモデルといわれた太田静子さんが亡くなり、母と子と二人きりで戦後を生きぬいてきたこの母子が、治子さんひとり残されたのです。もう三十歳をこえる年齢になった治子さんはまだ独身でした。静子さんは、「私がいるから治子が結婚しないのでしょうか」とよく私にもらされていました。未婚の母としての誇りに生きた静子さんは晩年、自分の生き方を後悔していないけれど、太宰の夫人に対しては実に申しわけないことをしたと懺悔していられました。

私はこの二人の母子を間近に見てきたせいか、やはり父と子より母と子の絆《きずな》は深いのだということをしみじみ思わされました。

二

最近では母殺しもやる青少年が増えてきています。それにつけてもお経の中の母と子の関係を思い出さずにはいられません。

浄土宗や真宗が大切にしているお経に浄土三部経というのがあります。その中に「観無量寿経」というのがあります。私たちは法華経を所依の仏典として大切にしていますが、他のお経の中にも釈尊の思想は生きているので、それらのお経を読んでも罰が当たるわけではありません。観無量寿経は、無量寿経と阿弥陀経と共に往生浄土について教えられたものです。

観無量寿経に書かれた世界は王舎城《ラージャガハ》の悲劇と呼ばれる大ドラマが根底になっていて、まるで小説のような面白いものです。面白いから、昔からこの話はお経の中ではおさまりきらず、語り伝えられて、日本人の中に血肉となって残ってきました。話はこうです。

釈尊がマガダ国の霊鷲山にいて、たくさんの弟子たちを教化していらっしゃる時のことでした。

霊鷲山の麓に王舎城というお城がありました。そこにはビンビサーラ王という王様がいて、王妃はヴェーデーヒーという美しい人でした。日本では昔から韋提希《いだいけ》夫人の名で親しまれています。二人の間にはアジャータサットウ、日本では阿闍世《あじゃせ》という王子がいました。

釈尊の弟子のデーヴァダッタ（提婆達多《だいばだった》）は、野心家で腹黒く、何とかして釈尊に代わって、自分が教団の頭になりたいと考えていました。釈尊にそれを申し出ても相手にされませんので腹をたて、十六歳のアジャータサットウにとりいっておだてあげ、自分に帰依させ、スポンサーにして精舎をたててもらったりしました。その上、王子をそそのかして王を殺し王位を奪えとすすめました。

「そんなことは出来ない。母がいっていた。私の小さい時腫物が出来たら、父が口で膿を吸ってくれ、それをのみこんでしまわれたという。そんなに愛してくれて育ててくれた父を殺すなんて出来ようか」

「ああ、王子様は何も知らないのですね。あなたは、王と王妃が子供がないので占師に占わせたら、ビプラ山に住む仙人が死ねば、太子になって生まれかわるといわれたのです。王様はそれを聞くと待ちきれず、仙人を殺させました。そして王妃様はみごもりました。占師はまた占ってこの王子は生前から人の怨みを抱いているので、やがて王を殺すだろうといったのです。それで王妃はわざと赤ん坊が死ぬように、高楼から産み落としました。ところが赤ん坊は指を一本折っただけで無事に生まれました。そのため王子様の幼名を指折といったのです。そんな因縁の子供だから、あなたはそのうち、きっと王様に殺されますよ。その前にあなたが王様を殺すべきです」

若い王子はデーヴァダッタの言葉に乗せられてしまいました。

王子はさすがに父王を殺すにしのびないので、クーデターをおこし捕えて七重の塔に押しこめ幽閉してしまいました。王妃のヴェーデーヒーはこの悲しい出来事に占師の言葉を思い出し怖しくなりました。一計を案じ、自分の体にバターと蜂蜜とはったい粉を練りあわせたものを塗りつけ、イヤリングやネックレスの玉の中に葡萄酒《ぶどうしゅ》をいれ、牢獄を見舞いました。牢番に金をやって中へしのびこみ、自分の体をなめさせて王を養いました。こうして二十一日がすぎました。王子はもう王が餓死しているだろうと牢番にたずねましたが、王が元気だと聞いて不審に思いいろいろ問いただすと、牢番がすべてを白状しました。王子はすっかり逆上しました。

「母は私を裏切ったのだ。もう許しておけない。もともと母は私を殺そうとしたではないか」

王子は王妃を今にも刺し殺そうとしました。その時大臣のチャンドラブラディーパは、医師のジーヴァカと共に王子を押しとどめて涙ながらにいさめました。

「大王さま、ヴェーダの聖典にも申しております。劫初よりこの方、諸々の悪王があり、王位を貪ってその父を殺したものは一万八千人もあるということです。けれどもまだ、無道に母を殺した者はないと聞いております。あなたは母殺しの大罪をおかすことになります。そんな残酷なことが出来るはずはありません。どうか思い止まって下さい」

王子はさすがに恥じて、母を殺すことだけは取りやめ、幽閉してしまいました。

王妃は自分はどうしてこんな悲しいめにあうのだろうと、霊鷲山の釈尊に祈りを捧げました。

ビンビサーラ王は王妃が来なくなってからは、もう何のたのしみも失われ、牢の高い窓から霊鷲山をはるかにのぞむだけが慰めになりました。それを聞いた王子は、王が窓ぎわでのび上がれないように、王の足の裏を削らせ、立つことが出来ないようにしてしまいました。

ある日、王子は自分の息子に腫物が出来て泣き苦しむので見かねて、その膿を吸ってやりました。それを聞いた王妃は、王子に向かって、

「お前の小さい時は、お父上がその通りして下さったのを忘れたのですか。お前が自分の子が可愛いように、お父上だってお前を可愛がって下さったのですよ」

とさめざめ泣きました。王子もさすがに自分の仕打ちを恥ずかしく思い、王を釈放しようとして、使いを牢に向かわせました。

牢の中で、使いの乗ってくる馬のひづめの音を聞いた王は、ああ、ついに自分を殺しにやってくると思って、ショックのあまり、使いが牢に着いたとたん、息絶えてしまいました。

これが、王舎城の悲劇と呼ばれる物語です。この中で、父を殺しても母を殺した者はいないという、いましめの言葉は有名で、長く人々に語り伝えられています。

まるで小説のような劇的な話なので、本も読めなかった昔の人は、お寺の坊さまから、こんな話を聞かされて、しみじみ、親を大切にしなければならないと思ったのでしょう。韋提希夫人の悲劇ともいわれています。母と子の絆の強さも考えさせられる話です。

三

私は、やがて死ぬと覚悟している人の子へのたち難い愛情をどうやって慰めてあげていいかわかりませんでした。

私は心をこめて手紙を書き、決して希望を捨てないようにと励ましました。

旅先なので私は何も持っていませんでしたから、いつもハンドバッグにいれて旅に持ち歩いている小さな観音経の経本をさしあげました。写経もすすめました。

末期《まつご》の目ということばがあります。人間が死ぬと決まった時の目に映る世界はどんなにか美しく、愛《いと》しいものでしょう。

私にはまだ末期の目はあたえられたことがないのでわかりませんが、その人の目はおそらく一日一日が末期の目で、美しいこの世のすべて、愛しい子供の動きのすべてをやきつけているのでしょう。

韋提希夫人は、牢の中で、こんな悲しみや苦しみの多い、濁世にはもう一日もいたくない、早く浄土へやって下さいと、釈尊に祈りました。

誰もみんなこの今の世界に起こる怖しく浅間しい世相は地獄だと思います。それでも私たちは、やはりこの世で生きていかねばならぬし、生きていたいと思うのです。

それならばこの世にいるかぎり、せいいっぱい生ききりたいものです。

韋提希夫人のような苦しみを味わっている人も、私に逢いに来た癌の女の人のような苦しみにあえいでいる人も、みんな自分の身に起きた不幸が、世界一のように思いこみたがります。けれども世の中には、不幸と同じくらいの幸福もばらまかれているのです。人は不幸の時は一を十にも思い、幸福の時は当たり前のように馴《な》れて、十を一にも思いたがりません。

父を殺す息子を持たないことを感謝し、死の宣告を日をかぎって受けていない自分の現在に感謝したいものです。

そして、もう今の時代はすっかり忘れられた孝行ということばをもっともっと家庭によみがえらせてもいいように思いますが、いかがでしょう。

# 死について

人は生れた瞬間から、死すべきものと定められていて、刻一刻死へ向って歩みつづける運命を持っています。

いいかえれば、生きるとは、死ぬことだともいえます。どうせ死ぬなら、生れてこなければよかったのにと、文句をいっても、私たちは、私たちの意志でなく、何かのはからいで、この世に送り出されるのです。その時、みみずに生れたり、牛や馬に生れたりしても仕方がないのですから、仏教では、「人身《にんしん》受け難く、仏法会い難し」といって、人間に生れたことを喜べと教えています。

人間に生れても、この頃のような物騒な世の中では、いつ、乗っている車に、他の車がぶっつかってくるかわからないし、乗った飛行機が墜落するかわからないし、列車なら安全と思って乗っても、脱線や、転覆も全くないとはいえないし、歩くにかぎると歩いていても、暴走族のオートバイにはねとばされないともかぎらないのです。

水は汚染しているし、魚も野菜も、昔のように安心しては食べられない、まるで毒を食べているような毎日です。

自分で野菜をつくり、無農薬のものを食べていると安心していても、戦争が始まれば、広島に落ちたより数百倍の爆発力のある原水爆に、あっという間に殺されてしまいます。

いつ路上で、無目的な衝動的殺人に逢わないともかぎりません。おとなしく道を歩いていてもふいに工事現場から何かが落ちてきて即死するかもしれないのです。全く私たちは死と毎日むきあって暮している生活です。

神経質になれば、もうそれだけで、不安でたまらなく、ノイローゼになってしまいましょう。よくしたもので、人間は戦争でまわりのみんなが死んでも何となく自分だけは生き残るような幻想を心のどこかに持っていて、あまり死についてなど考えないで、毎日をのんびり暮しているようです。

重い病気になるとか、一命にかかわる大けがをするとかした場合に、はじめて、人間は「死」と真向になって、死とは何か、生とは何だったのかについて考えこんでしまいます。それではもう手遅れなのですけれど、人間の楽天性はそういうもので、もしかしたら、それこそ、神や仏の恩寵であるのかもしれません。

死ねばあの世はほんとにあるのかとよくたずねられます。極楽や地獄はたしかにあるのですか、閻魔がいて、嘘つきの舌をぬくというのはほんとうか。まさか、今頃、閻魔に釘抜のようなもので舌を抜かれるなど信じる大人はいないでしょうが、やはり地獄はあるのではないかという漠とした不安や怖れを抱いている人はいるようです。でもそれは自分の罪を知っている人で、むしろ、その怖れを持っている人は、まかりまちがっても地獄には落されないのではないかと思われます。

私たちが生きるということは、動物を殺し、その肉を栄養にし、植物の命を奪いそれを自分の命のこやしにしていかなければならないのです。赤ん坊の頃から、牛の乳を盗んで育てられるのです。それらを罪と認めるなら、私たちのすべては地獄に堕ちなければなりません。

そういう罪をはじめから、何かにゆるされて私たちはこの世の限られた生を生かしてもらっています。どんなに長寿を望み、現在世界一の長寿国になったと誇ったところが、たかがわずか百年の生涯です。宇宙の悠久の前では芥子粒ほどもない一瞬の時間でしょう。

私たちのあらゆる人間が、国籍、人種、貧富や身分の上下にもかかわらず、平等に与えられているものは、必ず死ぬという約束と、限られた生ということでしょう。

人は誰でも、自分の死を望まないし、未知の死について怖れます。恐がるのが当然で、怖くないというのは、死について、本気で考えたこともなければ、生存の不条理についても考えてみたことのない人でしょう。

私はこれまで多くの社会的に立派な立場のインテリの男性から、死ぬのが怖いと、本気で打ちあけられた記憶があります。怖くないかと訊かれ、私は怖いといえば怖いけれど、その人たちほど怖がっていないような気がしたものです。その後も気をつけていますと、どうも、女性より、男性の方が、死について恐怖心を抱いているような気がします。

これは有名な話ですが、ある高名な禅宗の高僧が死病にかかられた時、その高僧は侍医に向って、

「僧侶は、元来、生死《しょうじ》を極めることを務めとしているので、自分はその点については、日頃から、よく修行し、一応悟っているつもりだ。たとい自分の本当の寿命について打ちあけられても決して取り乱したりはしない。だから、現在の自分の病状を、かくさずはっきり教えてほしい。それを聞いた上で、更に死の用意もしたいし、身辺の整理もしておきたい」といわれました。

侍医は、さすがに高僧の名の高い方はちがうと感動して、

「そうまでおっしゃいますなら、申しあげます。実はもはや手遅れの悪性のガンで、御寿命は後一ヵ月持つかどうかというところでございます」

と正直に答えました。すると高僧は聞き終るなり、色を失い、ああ、自分の命の終りはそこまで迫っていたのかと、惑乱し、取り乱し、泣きあわてたということです。

僧侶のくせにという見方で、この高僧の態度を非難し、見苦しいということも出来ましょう。でもその高僧を笑ったり批判する自分が万一、今夜にでも、自分の寿命のつきる時間を教えられたら、どうなることでしょう。実際なってみないとわかりませんが、おそらく私などは、あれも片づけたい、これも仕上げておきたいなどあわてふためいて取り乱し、親しい誰彼と別れも惜しみたいと半狂乱になるかもしれません。日頃は、もうしたいことは人の二倍も三倍もしつくして、見るべきものはみつなど と、恰好いいことをいっているものの、死を宣告されれば、どうなるか自信はありません。

死について何か心の救われる書物があるかと、色々探してみました。いくらでもあるのです。仏教関係でもキリスト教関係でも「死後の世界」とか「死について」とか様々の題で本が書かれています。そのどれを読んでも、何だかすっきりしません。著者も本気で死について考え、怖れ、悩んで書いているのかなと思われるのが多いのです。

　私がそんな本を夢中であさったのは、私が出家して仏教徒になったため、多くの人から、死ねば地獄、極楽は本当にあるのかとか、死ねばあの世にたしかにゆくのかとか、死ねば再生することが出来るのかとか、輪廻はあるのか、次の世では何に生れかわるのかとか、しきりに訊かれるようになったからです。

　子供とか、教育のない人からではなく、相当な仕事をしている大人の社会人からそういう質問を受けるのです。仏教では「生死《しょうじ》を極めることは仏家の一大事」と教えられています。いいかえれば仏教とは死とは何か、死後の世界は何なのか、この世はどう生きるべきなのかということをとことん考えきわめる宗教のようです。

　ところが私は出家して十一年もたちながら、しきりに死生観についての本を読みあさりながら、真剣に、いわば命がけで「死」について考えたことはなかったのではないかと思われました。というのは出家して十年めの秋、私のたったひとりの姉が突然、ガンにおかされていることが判明したのです。姉は私より五歳年長でその時六十六歳でした。骨細な、小柄できゃしゃな軀つきの人でしたが、大病というのをしたことがなく、二度のお産も田舎の習慣で家ですませ、六十六歳までただの一度も入院したことがなかったくらい健康でした。死の三、四年前から白内障にかかっているといっていましたが、それは老人誰でもかかるものだといい、まだ本も新聞も読めていて、手術は二、三年先のことだろうと楽観していました。神仏具商の家業をついで商家の主婦として忙しく働くかたわら、短歌を作って「水甕」の同人となって毎月精力的に、作歌をしたり、支部のお世話に打ちこんでいました。家業は長男夫婦にゆずってからも、やはり店へは毎日出て愉しそうに働いていたのです。その姉が、不調を訴えはじめたのが十一月のはじめで、町の医院を転々とした後、総合病院へ移され、もう手遅れの直腸ガンと宣告され、手術をしても、半年か三ヵ月の命という診断を受けたのです。晴天の霹靂としかいいようのない事態に、姉の家族と共に、私は色を失いました。困ったことに、義兄が二年半ほど前から、軽い脳血栓にかかり、ボケと、老人性鬱病がいっしょになった状態で、姉はそのことだけを案じ目を離せないといって看病していたのです。もちろん、そんな状態の義兄に姉の真実の病名をつげることは出来ません。幸か不幸か、姉は日頃健康だったせいで、あきれるほど医学に無知でした。おかげで助かったともいえますが、手術の後も、潰瘍だったという私たちの説明をすんなり信じたように見えました。

「ああよかった、これで命拾いしたわね。自分の不注意で、今度はほんとにみんなに心配かけたり迷惑かけた。治ったら、うんと御恩がえししなきゃね」

そんなことをいう姉に、私は泣き顔は見せられないので、たまらなく辛い想いをしました。もうその頃は、医者の話では、六ヵ月はおろか、三ヵ月持つかどうかわからないといわれていたのです。手術をして死までの三ヵ月の間、私はどんなに死について考え悩んだことでしょう。今更手遅れのガンの本を読みあさって、万が一の新治療や新薬は出ないかと探しまわったりしました。ガンにいいといわれている薬という薬は手にいれて、姉にはそれとつげず、精力をつける薬だとだましてのましてみたりもしました。その時ほど真剣に私は仏に祈ったこともありませんでした。私は独り身だし、もうさんざん人の三倍もの人生をたっぷり生きた気がしているので、替れるものなら、替ってやりたいと祈りました。

姉はよく口癖に、八十、九十まで生きて、ボケて、みんなの迷惑になるのはつくづくいやだ。惜しまれて死ぬのが花ねなどいっていました。けれどもそれが健康で死の影さえ予感しないからこそ言えたことばで、手術を受ける前には、

「もし死ねば享年六十六歳か、あんまり若すぎて可哀そうね」

と、不安そうにつぶやいていたのです。姉が今、生きたがっているのがひしひしとわかる毎日でした。医者が大丈夫と保証し、私たちが口を揃えて大丈夫といった時、姉はさも安心したように「嬉しい」と口に出しました。自分の死に損った生命を、大

切にしなければとうなずきました。けれども、深夜ひとり病室でめざめた時、姉は果して、昼間の私たちの言葉に疑いを抱かなかったでしょうか。

あれほど読書の好きな姉が雑誌ひとつ読みたがらないのにも、私たちはほっとしました。もし、病気に関する本でも買って来いといえばどうしたらよかったでしょう。

姉は第二歌集を出したばかりでした。その出版記念会を友人たちが計劃してくれていた矢先倒れたのです。私はつとめて未来に希望を持たせて、姉の生きる気力をつなぎとめようと思い、

「春になって暖くなったら、出版記念会をしよう」

という話題をとりあげました。姉の顔はそれを聞くと明るくなり、いきいきして、場所とか料理とか集ってもらう人の名簿などを数えあげるのです。

おそらく、持つことの出来ない春の会について、私たちは情熱的に幾度も幾度も話しあいました。

私の姉の必死に生きよう、治ろうと努力する姿を見て、いじらしくてなりませんでした。

私の出離の時、剃髪に立ちあったのは姉ひとりでした。私は涙を一滴もこぼしませんでしたが、姉は私の髪が半分ほど落された時、笛のような声をあげて私の背後で泣

き伏してしまいました。そんなことが昨日のように思い出されるのです。

寂庵の建った年の瀬は、忙しい商いを捨てておいて、ひとり私の引越の手伝いに来てくれました。荷物で埋ったまだ木も草もない寂庵で姉とふたりですごした大晦日の鐘の音も思いだします。あの時のまだ若々しかった姉が瞼に焼きついていますのに。

ひとりになると、私は手当り次第、仏教書をひらきました。どこを開けても、人生の無常が説かれ、人の命のはかなさが説かれています。

「諸行無常、是生滅法、生滅滅已、寂滅為楽」

「人命停《とど》まらざること、山の水より過たり。今日は存すと雖も、明《あけ》は亦保ち難し」

「夫れ、盛なれば必ず衰るあり、合会《ごうえ》に別離あり、壮年は久しく停らず、盛なる色は病に侵され、命は死の為めに呑る」

至るところに、人生のはかなさが顔をのぞかせています。

人は生れた瞬間から死に向って歩いていると、日頃は心得ているつもりなのに、死が自分の上や愛する者の上に訪れないかぎり、そのことを実感しないのは、恩寵なのでしょうか、劫罰なのでしょうか。

姉は刻々と死の日に近づきながら、それとは知らず、その間も、義兄のことばかり案じていました。毎日顔を見ないと、義兄の病気が悪くなったのを、私たちがかくしているのではないかと疑うのです。

ところが全く思いがけないことがおこりました。義兄がある日、突然、私を別室へ呼びました。そこには、二年前のしっかりした表情の、落ちついて思慮深い義兄の沈痛な顔がありました。

「晴美さん、艶の病気はもう治りません。あれは死病です」

突然、義兄に切りだされ、私は言葉につまってしまいました。

「いつ、それがわかったの」

私の問いに、義兄は付添婦の言葉から、今日突然すべてをさとったのだと語りました。信じられないことですが、義兄はそのショックで、それまでぼんやりしていた頭が冴えかえり、健康な時の神経に、一瞬にして立ちかえっていたのです。そんな奇蹟もおこり得ることを目の当りにして、私はむしろ茫然としてしまいました。義兄は、姉の寿命はもう二十日ほどしかないだろうとつぶやき、はじめてひっそりと泣きました。私は慰めようもなく、そんな義兄の男泣きの姿を見守るばかりでした。義兄の予想より早く、その日から十日ほどで姉はまるで眠るようにおだやかに死を迎えました。

その四、五日前、いたずらっこらしく目をくるくるさせ、

「あの人、治ったみたい」

と、私にもらしました。その頃は薬で舌がもつれ、言葉もはっきりしないのですが、姉はまるで雀の涙ほどしか咽喉に通らない食事の度、

「らくさんいららきました。ありあとうごらいました」

と、幼児のように一語一語声をはりあげていい、掌を合せるのでした。

すっと昏睡状態に入ってゆき、別れの挨拶もしないまま、姉の死顔は、何の苦しさの影もとどめず、清らかに静かでした。

姉の死後、義兄はしっかりと立ち直り、葬式の時も、すべてを宰領出来るくらいになっていました。もうボケてしまったと思いこんでいた親類の客たちは、そんな義兄をむしろ幽霊でもみるようなまなざしで見つめたものです。

私は姉の死を通して、死についての様々なことを深く考えこまされました。姉の生前より、私は姉の存在を常に身近にありありと感じるようになったのは、全く予期しない新しい体験でした。

死後の魂の存在の有無について、これまで私は幾十冊の本を読んでも曖昧だったものが、今は、ためらいなく、その存在を信じることが出来るようになりました。義兄によりそった姉の霊魂がないなら、それ以後の義兄の完全な快復と社会復帰の姿を何

と説明出来るでしょうか。私は姉の声をいつも聞くようになっています。時には笑い声も、息吹さえ、わが頬に感じる時があるのです。

生前は、ごく普通の姉妹で、離れて暮し、二週に一度電話すればいいくらいの間柄だったのです。それが、今では四六時中、呼びかければすぐそこに姉の気配を感じることが出来るのです。

日本人の他界意識は水平だといつか、何かで読んだことがありますが、私はどうやら、典型的な日本人らしく、姉の霊魂が高い天上や、暗い地下にいるような気がしません。ちょっとその襖をあけた向うに、ちょこんと坐っているような気がするのです。彼等と我々の間には、目に見えないエアドアのようなものがあって、生きている私たちに、ドアの向うの彼等が見えないだけで、死者の目には、ドアのこちらの私たち生者のすべてが見透せているのではないかと思われます。

さまざまな本を読んで、「死」に対する人の意見も聞きましたけれど、姉の末期がンを見守る辛い日々の中で、私が最も心ひかれて考えさせられたり、勇気づけられたりしたのは、上智大学の教授アルフォンス・デーケン氏と曾野綾子さんが編者になった「生と死を考える」という本であり、デーケン氏が主宰していらっしゃるそのセミナーから出ているパンフレットの類いでした。デーケン氏は哲学者で私より十歳も若いドイツ人で、早くから故国を出て十二ヵ国で暮し、ほとんどドイツに帰らない間に、御両親の死目にもあえなかった方です。死の哲学について、講義もしていられます。私はデーケン氏の書かれたものから、ガブリエル・マルセルという人の死についての考え方を教えられました。マルセルは、自分の死と死後の生命についての考えを、「死」に関する思考の出発点とはしないで、自分の愛する者の死と、その死後を考えることを、思考の原点としてとらえていました。この考え方が、姉の死を前にして、思い悩んでいた私に、ひとつの啓示をあたえてくれました。デーケン氏はカソリックの人です。仏教徒の尼の私が、カソリックのドイツ人の人から、切羽つまった時に魂の救けを受けるということに、私は何のためらいもありませんでした。「死」について、デーケン氏が、真剣に考えぬかれ、「死」について悩んでいる多くの人との熱心な対話をつづけてこられたからこそ、まだ逢ったこともない私が、デーケン氏の書かれたもので、こんなに強い感動も受けたのだと思います。私もまた、両親の死目には逢えませんでした。死目に逢えないということは、何だか、彼等が本当に死んでしまったという気がしないものです。私は姉の死にあって、どうして父母の死の時、これほど辛くなかったのかと思い、そのことに気づきました。そして、姉は私にかわって、二人の死を見とどけ、二人の死様とつぶさにつきあっているのですから、私の知らなかった辛さを、私の何倍かの辛さを、あの時、ひとりで引き受けてくれていたのだということにも気づきました。その分、今、私は、三人分の死別の辛さをあわせて味わっているのだと思いました。

愛する者との死に真向きになった時、人ははじめてその人への愛の深さに気づくのでしょう。そして、愛する者との時間の永遠を欲するため、断ちきられるその時間に対して、身もだえして辛がるのでしょう。

私の命ととりかえて下さいと、本当に愛する人の死に向きあう時、人は思わず祈りたくなります。その時の純粋な愛の高まりこそ、この世で最も尊いものかもしれません。

私は姉の死後、生きている以上に彼女の魂を身近に感じつづけている事実に、魂の永遠を教えられました。

姉は身を殺して、得度後十年もたちながら、まだ一向に生死の何たるかを極めることの出来ない不肖の妹に、生死の秘密と、魂の永遠性を、教え遺していってくれたのだと思います。

姉の死によって、私が、これまで愛する者と死別した他者の不幸に、どれほど無神経であったかも思い知らされました。

世の中には、右を向いても左を向いても、愛する者に死別した人でみちみちています。

人間とは、いいえ、私とは、何という情けない鈍感ないき物でしょうか。自分の身に体験しなければ、人の苦しさも悲しさも、実感となって身にも心にもしみていないのです。

私は姉の死を通して、人がこの世で受ける苦しさや悲しさや不幸せと呼ばれるすべてのことは、味わった方が味わわない人よりいいのだということに気づきました。心に苦しみを感じ、身に苦痛の記憶を数多く受けた者が、人の苦しみ、悲しみを思いやれるという恩寵がいただけるのです。

そこでまた私は、釈尊の死の直前の旅に思いをはせました。

釈尊は自分の死期を予感された時、最後の旅に出発されようとなさいました。

その時、釈尊はしみじみアーナンダに向って、

「アーナンダよ、私はもう老いさらばえて、年をとり、老衰し、人生の旅路も終りに来て、八十になってしまった。車でいえばまるでポンコツだ。ようやっと革紐にささえられて、私のがたくへの車は保っているのだよ」

と述懐されています。何という人間らしいことばでしょう。自分の老いをみつめて

いるこの釈尊のことばが私にはなつかしくてなりません。これほど釈尊を人間として身近に感じることばがあるでしょうか、しかもその釈尊がその後ですぐ、

「この世は美しい。人のいのちは甘美なものだ」

といわれています。この世は苦の世界だと説きつづけられてきた釈尊が、死を予感した時にしみじみ口にされたこの美しいことばが、私は前から大好きでした。でも今、愛する者と死別する悲しみを味わった今こそ、私にはこのことばの美しさがいっそう身にも心にもしみてひびいてくるような気がします。

死にゆく者の目に、この世がそのように美しく、人の愛がそんなにもあたたかく映る世界こそ、釈尊が身を賭して到来させようとされた理想の現世だったのではないでしょうか。

「この世は美しい。人のいのちは甘美なものだ」

いつか、私もそうつぶやいて人々の愛に感謝しながらこの世を去りたいものだと思います。

# 新装版　あとがき

## 生きる道しるべに

瀬戸内寂聴

この本は一九八五年に初版が出ています。今から三十一年前のことで、私は六十三歳でした。

たいそう評判がよく、ロングセラーになったので、読み易い活字に組み直し、新装版として復刊されたのが、二〇〇七年七月のことでした。前より読み易くなったので、引きつづきベストセラーとなり、多くの読者に読まれました。

十三章の中には、「幸福について」「別れについて」「命について」「老いについて」「愛について」「死について」など、今でも読み直したい章が並んでいます。人間が生きてゆく上でさけられない運命を、どう受けとめるかということを、出家して十二年経った私が、一生懸命考えぬいて、出家者として、小説家としての立場から真剣に書いているのです。

今度、改めて読み直してみて、自分の書いたものとも思えず、深い感銘を受けました。

なぜなら、私はその後、めんめんと生きつづけ、九十四歳になるまでに、この書を書く時には思いも及ばなかった長生きをして、大病もして、ガンの手術もしています。その度、病を克服し、生き返ってきました。

「無常について」「命について」「老いについて」「死について」、改めて考えつくした気がします。

ここに書いたことは、みんな真実だと、目を見張りました。六十歳を超えて間もない私が、よくもこんなことを考えぬいていたと驚かされました。

それはすべて、私が出家して以来、頼りにしている釈迦の教えの賜物でした。

「人はなぜ、生き、愛し、そしてすべて死ぬのか」

という人間の疑問に、この本はまっ向から向かいあっています。私は近頃よく若い人から受ける「むなしさについて」という項を見つけ、読み返しました。すべては自分が書いた文章なのに、私はすべてを忘れていました。そこには五十一歳で出家する直前の、私の心の「むなしさ」のすべてが、つぶさに書かれていました。「なぜ出家したか」と、私は人々から何百回となく訊《き》かれています。その度、私はわからないと逃げてきました。けれどもここにはなぜ出家したかということが、はっきりと私のことばで書かれていました。

私はこの本にこめた私の熱い想いがわかってきました。にわか尼僧の、修行も足りない未熟な私が、必死で釈尊の教えに近づこうとして、両手を釈尊の方に向けてあげ、その声を聞こうとしている姿が、私には見えてきたのです。

「老いについて」「愛について」「怒りについて」「死について」、何《ど》んな疑問にでも釈尊の言葉がたちまち答えてくれています。

これを私は書きたかったのだと納得がいきました。

この本をはじめて書いてから、すでに三十一年も経っています。六十三歳だった私は九十四歳になっています。今夜死んでいても不思議ではない老人です。

けれども私の心の内を覗きこんでみれば、私は二十代の頃と変らない憧れも希望も消えていないことに気がつきます。

「私は老いてしまった。体はすっかり傷んでぼろ〳〵になったのを革紐でやっとつぎ合せて保っているようなもので、ポンコツ車同然だよ」

釈尊が侍者のアーナンダにつぶやかれたお声が聞こえてくるようです。

人間は誰も彼も幸福を求めている。

老いたくないと思っている。

淋しいから愛する相手を求め、心細いからしっかり抱きあって、相手のぬくもりをたしかめたいのだ。しかし人間の愛も必ずおとろえる。

こうした運命の人間に生れてきた私も、あなたも、いっしょに考え、生きる道しるべになるものが、この本から見つけられますように。

本作品は、一九八五年三月、小社より単行本で刊行され、
一九八八年三月に講談社文庫で刊行されたものを、
本文組み、装幀を変えて、新装版として刊行したものです。

|著者| 瀬戸内寂聴　1922年、徳島県生まれ。東京女子大学卒。'57年「女子大生・曲愛玲」で新潮社同人雑誌賞、'61年『田村俊子』で田村俊子賞、'63年『夏の終り』で女流文学賞を受賞。'73年に平泉・中尊寺で得度、法名・寂聴となる（旧名・晴美）。'92年『花に問え』で谷崎潤一郎賞、'96年『白道』で芸術選奨文部大臣賞、2001年『場所』で野間文芸賞、'11年『風景』で泉鏡花文学賞を受賞。1998年『源氏物語』現代語訳を完訳。2006年、文化勲章受章。また、95歳で書き上げた長篇小説『いのち』が大きな話題になった。近著に『花のいのち』『愛することばあなたへ』『命あれば』『愛に始まり、愛に終わる　瀬戸内寂聴108の言葉』など。2021年逝去。

新装版《しんそうばん》　寂庵説法《じゃくあんせっぽう》
瀬戸内寂聴《せとうちじゃくちょう》

2016年12月15日第1刷発行
2022年3月10日第8刷発行

発行者——鈴木章一
発行所——株式会社　講談社
東京都文京区音羽2-12-21　〒112-8001
電話　出版（03）5395-3510
　　　販売（03）5395-5817
　　　業務（03）5395-3615
Printed in Japan

講談社文庫
定価はカバーに
表示してあります

KODANSHA

デザイン—菊地信義
本文データ制作—講談社デジタル製作
印刷———豊国印刷株式会社
製本———株式会社国宝社



ISBN978-4-06-293549-4

# 講談社文庫刊行の辞

二十一世紀の到来を目睫に望みながら、われわれはいま、人類史上かつて例を見ない巨大な転換期をむかえようとしている。

世界も、日本も、激動の予兆に対する期待とおののきを内に蔵して、未知の時代に歩み入ろうとしている。このときにあたり、創業の人野間清治の「ナショナル・エデュケイター」への志を現代に甦らせようと意図して、われわれはここに古今の文芸作品はいうまでもなく、ひろく人文・社会・自然の諸科学から東西の名著を網羅する、新しい綜合文庫の発刊を決意した。

激動の転換期はまた断絶の時代である。われわれは戦後二十五年間の出版文化のありかたへの深い反省をこめて、この断絶の時代にあえて人間的な持続を求めようとする。いたずらに浮薄な商業主義のあだ花を追い求めることなく、長期にわたって良書に生命をあたえようとつとめるところにしか、今後の出版文化の真の繁栄はあり得ないと信じるからである。

同時にわれわれはこの綜合文庫の刊行を通じて、人文・社会・自然の諸科学が、結局人間の学にほかならないことを立証しようと願っている。かつて知識とは、「汝自身を知る」ことにつきていた。現代社会の瑣末な情報の氾濫のなかから、力強い知識の源泉を掘り起し、技術文明のただなかに、生きた人間の姿を復活させること。それこそわれわれの切なる希求である。

われわれは権威に盲従せず、俗流に媚びることなく、渾然一体となって日本の「草の根」をかたちづくる若く新しい世代の人々に、心をこめてこの新しい綜合文庫をおくり届けたい。それは知識の泉であるとともに感受性のふるさとであり、もっとも有機的に組織され、社会に開かれた万人のための大学をめざしている。大方の支援と協力を衷心より切望してやまない。

一九七一年七月

野間省一

## 講談社文庫　目録

瀬戸内寂聴 死に支度
瀬戸内寂聴 新装版 蜜と毒
瀬戸内寂聴 新装版 花《か》怨《えん》
瀬戸内寂聴 新装版 祇《ぎ》園女御《おんにょうご》(上)(下)
瀬戸内寂聴 新装版 かの子撩乱
瀬戸内寂聴 新装版 京まんだら(上)(下)
瀬戸内寂聴 いのち
瀬戸内寂聴 花のいのち
瀬戸内寂聴 ブルーダイヤモンド〈新装版〉
瀬戸内寂聴・訳 源氏物語 巻一《まきいち》
瀬戸内寂聴・訳 源氏物語 巻二《まきに》
瀬戸内寂聴・訳 源氏物語 巻三《まきさん》
瀬戸内寂聴・訳 源氏物語 巻四《まきし》
瀬戸内寂聴・訳 源氏物語 巻五《まきご》
瀬戸内寂聴・訳 源氏物語 巻六《まきろく》
瀬戸内寂聴・訳 源氏物語 巻七《まきしち》
瀬戸内寂聴・訳 源氏物語 巻八《まきはち》
瀬戸内寂聴・訳 源氏物語 巻九《まきく》
瀬戸内寂聴・訳 源氏物語 巻十《まきじゅう》

先崎 学 先崎学の実況！盤外戦
妹尾河童 少年H(上)(下)
瀬尾まいこ 幸福な食卓
関原健夫 がん六回 人生全快
瀬川晶司 泣き虫しょったんの奇跡 完全版〈サラリーマンから将棋のプロへ〉
仙川 環《たまき》 幸福の劇薬〈医者探偵・宇賀神晃〉
仙川 環 偽装診療〈医者探偵・宇賀神晃〉
瀬木比呂志 黒い巨塔〈最高裁判所〉
瀬那和章 今日も君は、約束の旅に出る
曽野綾子 新装版 無名碑(上)(下)
三浦朱門 曽野綾子 夫婦のルール
蘇部健一 六枚のとんかつ
蘇部健一 六とん2
蘇部健一 届かぬ想い
曽根圭介 沈底魚
曽根圭介 藁《わら》にもすがる獣たち
曽根圭介 TATSUMAKI〈特命捜査対策室7係〉
田辺聖子 川柳でんでん太鼓
田辺聖子 ひねくれ一茶

田辺聖子 愛の幻滅(上)(下)
田辺聖子 うたかた
田辺聖子 春情蛸の足
田辺聖子 蝶花嬉遊図
田辺聖子 言い寄る
田辺聖子 私的生活
田辺聖子 苺をつぶしながら
田辺聖子 不機嫌な恋人
田辺聖子 女の日時計
谷川俊太郎 訳 和田 誠 絵 マザー・グース 全四冊
立花 隆 中核VS革マル(上)(下)
立花 隆 日本共産党の研究 全三冊
立花 隆 青春漂流
滝口康彦 粟田口の狂女〈レジェンド歴史時代小説〉
高杉 良 労働貴族
高杉 良 広報室沈黙す(上)(下)
高杉 良 炎の経営者(上)(下)
高杉 良 小説 日本興業銀行 全五冊
高杉 良 社長の器

# 講談社文庫　目録

田中芳樹　創竜伝6〈染血の夢《ブラッディ・ドリーム》〉
田中芳樹　創竜伝7〈黄土のドラゴン〉
田中芳樹　創竜伝8〈仙境のドラゴン〉
田中芳樹　創竜伝9〈妖世紀のドラゴン〉
田中芳樹　創竜伝10〈大英帝国最後の日〉
田中芳樹　創竜伝11〈銀月王伝奇〉
田中芳樹　創竜伝12〈竜王風雲録〉
田中芳樹　創竜伝13〈噴火列島〉
田中芳樹　魔　天　楼〈薬師寺涼子の怪奇事件簿〉
田中芳樹　東京ナイトメア〈薬師寺涼子の怪奇事件簿〉
田中芳樹　巴里《パリ》・妖都変〈薬師寺涼子の怪奇事件簿〉
田中芳樹　クレオパトラの葬送〈薬師寺涼子の怪奇事件簿〉
田中芳樹　黒蜘蛛島《ブラックスパイダー・アイランド》〈薬師寺涼子の怪奇事件簿〉
田中芳樹　夜　光　曲〈薬師寺涼子の怪奇事件簿〉
田中芳樹　魔境の女王陛下〈薬師寺涼子の怪奇事件簿〉
田中芳樹　海から何かがやってくる〈薬師寺涼子の怪奇事件簿〉
田中芳樹　タイタニア1〈疾風篇〉
田中芳樹　タイタニア2〈暴風篇〉
田中芳樹　タイタニア3〈旋風篇〉

田中芳樹　タイタニア4〈烈風篇〉
田中芳樹　タイタニア5〈凄風篇〉
田中芳樹　新・水滸後伝(上)(下)
田中芳樹　ラインの虜囚
田中芳樹　幸田露伴 原作　運　命〈二人の皇帝〉
田中芳樹　土屋守　「イギリス病」のすすめ
田中芳樹ほか 文　皇名月 画・文　中国帝王図
田中芳樹　赤城毅　中欧怪奇紀行
田中芳樹 編訳　岳　飛　伝(一)〈青雲篇〉
田中芳樹 編訳　岳　飛　伝(二)〈烽火篇〉
田中芳樹 編訳　岳　飛　伝(三)〈風塵篇〉
田中芳樹 編訳　岳　飛　伝(四)〈悲曲篇〉
田中芳樹 編訳　岳　飛　伝(五)〈凱歌篇〉
高田文夫　TOKYO芸能帖〈1981年のビートたけし〉
高村　薫　李　歐《りおう》
高村　薫　マークスの山(上)(下)
高村　薫　照　柿(上)(下)
多和田葉子　犬　婿　入　り
多和田葉子　尼僧とキューピッドの弓

多和田葉子　献　灯　使
多和田葉子　地球にちりばめられて
高田崇史　Q　E　D〈百人一首の呪《しゅ》〉
高田崇史　Q　E　D〈六歌仙の暗号〉
高田崇史　Q　E　D〈ベイカー街の問題〉
高田崇史　Q　E　D〈東照宮の怨〉
高田崇史　Q　E　D〈式の密室〉
高田崇史　Q　E　D〈竹取伝説〉
高田崇史　Q　E　D〈龍馬暗殺〉
高田崇史　QED　～ventus～〈鎌倉の闇〉
高田崇史　Q　E　D〈鬼の城伝説〉
高田崇史　QED　～ventus～〈熊野の残照〉
高田崇史　Q　E　D〈神器封殺〉
高田崇史　QED　～ventus～〈御霊将門〉
高田崇史　QED　～flumen～〈九段坂の春〉
高田崇史　Q　E　D〈諏訪の神霊〉
高田崇史　Q　E　D〈出雲神伝説〉
高田崇史　Q　E　D〈伊勢の曙光《あけぼの》〉
高田崇史　QED　～flumen～〈ホームズの真実〉

2021年12月15日現在